Nicole

VARLAM

Du même auteur

Une tradition de la haine. Figures autour de l'extrême-droite, essai, éditions Paris-Méditerranée, 1999.

La Maladie n° 9, récit historique, éditions Berg International, 2001.

Les Fanatiques. Histoire de l'Armée rouge japonaise, essai, Seuil, 2002.

L'Écriture génocidaire : l'antisémitisme en style et en discours, essai, Calmann-Lévy, 2005.

Pierre Goldman, le frère de l'ombre, biographie, Seuil, 2005.

Roger Garaudy : itinéraire d'une négation, coécrit avec Adrien Minard, essai, Calmann-Lévy, 2007.

La Maîtresse de Charles Baudelaire, roman, Plon, 2007.

Le Massacre de Nankin 1937 : entre mémoire, oubli et négation, enquête historique, Denoël, 2007 ; Tallandier, 2014.

Einsatzgruppen, enquête historique, Seuil, 2010.

Une histoire du terrorisme (avec la collaboration de Christiane Ratiney), essai, Flammarion, 2012.

Frères musulmans : enquête sur la dernière idéologie totalitaire, essai, Grasset, 2014.

La Passeuse, roman, Grasset, 2017.

Souvenirs du rivage des morts, roman, Rivages, 2021 ; Rivages poche, 2023.

Michaël Prazan

VARLAM

Rivages

Retrouvez l'ensemble des parutions
des Éditions Payot & Rivages sur

payot-rivages.fr

Collection dirigée par Émilie Colombani

« Les documents de notre passé sont anéantis, les miradors abattus, les baraques rasées de la surface de la terre, le fil de fer barbelé rouillé a été enroulé et transporté ailleurs. Sur les décombres de la Serpentine fleurit l'épilobe, fleur des incendies et de l'oubli, ennemie des archives et de la mémoire humaine. »

Varlam CHALAMOV

1. La cité dans la toundra

– Bienvenue dans la ville la plus froide du monde ! m'apostrophe en français un jeune homme imposant aux yeux bridés quand je débarque dans le hall du petit aérodrome.

Nous venons d'atterrir à Iakoutsk en plein mois de février, après une semaine frigorifique de tournage à Moscou et un vol de six heures vingt.

Je précède le reste de l'équipe qui finit d'entreposer nos dizaines de caisses de matériel sur des chariots.

– Je m'appelle Vadim, j'attends des compatriotes à vous qui viennent visiter la Iakoutie.

Le jeune homme parle français sans accent. Nous échangeons des banalités, puis Vadim, qui veut fumer une cigarette, m'entraîne à l'extérieur. Quand les portes vitrées s'ouvrent pour nous laisser sortir, c'est comme si mon visage était soudain brûlé au lance-flammes. Ou lacéré par des lames de rasoir. Un froid inouï, une sensation inédite, aussitôt éprouvante. J'ôte mes gants et rallume mon téléphone en soufflant sur mes doigts. Il se décharge instantanément.

– Aujourd'hui, fait malicieusement remarquer Vadim, il ne fait que -35 °C. C'est supportable. En cette saison, la température baisse fréquemment à -60 °C. Nous avons eu -70 °C il y a quelques jours…

Vadim a étudié en France. Il enseigne le latin et le français à l'université du coin. Pour arrondir ses fins de mois, il fait le guide pour les rares touristes hexagonaux. Une activité nécessairement occasionnelle ; ils ne sont pas légion à s'aventurer dans la région.

Les portes vitrées s'ouvrent sur Asia et le reste de l'équipe. Je ne veux pas manquer leur réaction quand ils se feront surprendre par la température locale. À peine ont-ils mis le nez dehors que je les vois plisser les yeux en faisant la grimace. Asia affiche pour sa part un sourire amusé, elle qui est née et a grandi à Novokouznetsk, une ville industrielle de Sibérie occidentale.

Le minibus nous attend sur le parking à ciel ouvert. Sasha, un colosse bourru aux traits mongoloïdes, est l'un des deux chauffeurs qui nous convoieront au long de notre odyssée. On met sa force de titan à contribution pour charger le matériel, puis nous montons à l'arrière du véhicule. Vadim également, qui vient s'asseoir à côté de moi. Sasha et lui travaillent pour la seule entreprise touristique de Iakoutie. Le minibus s'ébranle avant de s'élancer hors de l'aéroport. Vadim me questionne sur l'objet de notre périple. Je lui apprends que nous tournons un film documentaire sur le Goulag, que nous recherchons les vestiges des camps sibériens qui bordent la « route de la Kolyma ». Une route de près de 2 000 km construite à la force des bras. Ceux des Zeks, les détenus-esclaves de Staline, pour la plupart des « politiques » déportés depuis la Russie centrale pour travailler comme des bêtes de somme et mourir ici.

– Ma grand-mère était une Zek, déclare Vadim. Elle faisait partie de ces petits effectifs de prisonniers locaux qui ont travaillé sur la route. Elle a survécu aux camps et au travail forcé. »

La vue de Iakoutsk depuis l'avion était déjà stupéfiante. On n'y voyait pas vraiment la ville (on la devinait tout au fond, comme écrasée sur la ligne d'horizon), seulement cette plaine de toundra vitrifiée, noyée dans un halo de brume au spectre subtilement coloré par la réverbération. Émergeant de congères aussi vastes que des pâtés de maison, de longues cheminées exhalaient une fumée blanche qui se perdait dans le ciel incolore. Les usines sur lesquelles elles étaient plantées comme de longs fanions de béton n'étaient qu'amas de ferraille rouillée, tuyaux déglingués. Il était difficile d'imaginer que ces usines fussent encore en activité, tant elles paraissaient délabrées.

Après avoir traversé un *no man's land* industriel, la voiture s'engage dans les faubourgs de Iakoutsk. La limite entre le *no man's land* et la ville de 300 000 âmes (la quasi-totalité des habitants de Iakoutie) n'est pas nettement définie. L'ensemble produit une impression bigarrée. Nous longeons des barres d'immeubles brejnéviennes dont on ne sait trop si elles ont jamais reçu le moindre coup de peinture, des bâtiments datant de l'époque tsariste, des baraques de tôle et de bois à moitié ensevelies. Iakoutsk ne ressemble à aucune ville que j'aie pu voir auparavant. Sur les avenues larges et mal taillées, les habitations sont surélevées par des pilotis en béton ou de gros pieux en bois. Les versions diffèrent quant à leur fonction. Percer le permafrost pour en stabiliser les fondations. Éviter que les fuites de gaz en sous-sol ne provoquent des incendies. Libérer la porte d'entrée et le rez-de-chaussée qui, sans cela, disparaîtraient sous la neige accumulée au cours de l'interminable période hivernale. Il doit y avoir du vrai dans tous les cas.

Sasha nous dépose devant notre hôtel, l'un des seuls de la ville, un grand bâtiment datant des années 1970 niché dans le prolongement d'une place rectangulaire. Devant le gouvernorat de la République de Sakha trône une monumentale statue de Lénine. Le pan de la veste battu par les vents, Vladimir Ilitch Oulianov tend la main droite à l'humanité pour l'inviter à le rejoindre dans le socialisme soviétique. Comme si l'URSS n'avait jamais cessé ici d'exercer son emprise.

Les relations entre la Iakoutie et l'Union soviétique ne sont pourtant pas un long fleuve tranquille. Les révoltes réprimées dans le sang furent nombreuses dans la capitale de Sakha. La plus grande insurrection armée contre le pouvoir des soviets y eut lieu au lendemain de la révolution bolchevique. Quant au développement de la ville, on le doit aux Zeks. Une fois purgée leur peine, les travailleurs forcés étaient assignés à résidence dans le périmètre élargi de leur captivité. Ceux qui avaient été déportés de Russie centrale (qu'on appelle ici « le Continent ») ont été contraints de demeurer sur place pour abreuver les îlots de peuplement créés par Staline. C'est ainsi que sont nées et se sont développées la plupart des villes de Sibérie, afin de constituer une main-d'œuvre captive destinée à extraire les richesses minières de la région – l'or, le diamant et l'étain.

L'hôtel surchauffé grouille de jolies jeunes femmes aux yeux bridés, à la silhouette svelte et élancée, vêtues de robes noires étonnamment courtes vu la saison. Elles s'affairent à la préparation d'une fête de mariage qui aura lieu dans la soirée. Nous déchargeons le matériel et l'entreposons dans le hall, le temps de donner nos passeports à la réceptionniste et de remplir nos fiches signalétiques. Puis, nous chargeons les dizaines de caisses dans les ascenseurs aux parois vitrées. En montant dans nos chambres, nous découvrons ébahis la reproduction réaliste d'un mammouth et de son petit – une spécialité de la région – près des grandes baies vitrées de l'entresol. Les chambres aux couleurs ternes sont vieillottes et le mobilier aussi précaire que les habitations, mais nous n'avons pas le temps de nous y attarder. Il faut absolument récupérer l'argent de la production, sans quoi notre tournage s'arrêtera là, et notre voyage d'un mois sur la route de la Kolyma n'excédera pas la journée. À cause des sanctions économiques et des restrictions en tout genre édictées par le Kremlin pour rendre au G7 la monnaie de sa pièce, nous n'avons pas pu retirer les mandats envoyés depuis Paris lors du tournage dans la capitale russe, la semaine précédente.

Toute l'équipe s'est donné rendez-vous dans le hall, et nous ressortons dans le froid glacial. Les quelques dizaines de mètres qui nous séparent de la banque la plus proche sont une mise en bouche. Une première épreuve de ce qui nous attend. Le départ à l'aube du lendemain nous laisse peu de temps pour filmer des plans de la ville avant le coucher du soleil. Il faut faire vite. En Iakoutie, la nuit commence à tomber à 15 heures.

Il y a un monde fou à la banque. Asia tire un ticket numéroté, et nous prenons place sur les sièges disponibles en attendant notre tour. Benjamin, le preneur de son, ne tarde pas à piquer du nez. Bien qu'exténué, je suis incapable de dormir. Je passe le temps en observant les gens assis à côté de nous et, derrière les vitres, l'animation morne de la rue. La brume matinale s'est dissipée. Le ciel est maintenant d'un bleu translucide. Mais le soleil ne chauffe pas. Il se contente d'éblouir les passants, pour la plupart de type asiatique, emmitouflés dans de volumineux manteaux de fourrure qui vaudraient des fortunes sous d'autres latitudes.

Au bout de plusieurs heures d'attente, notre numéro s'affiche sur le cadran numérique. Asia se lève pour aller parlementer avec la jeune femme au guichet. Encore une fois, nous jouons de malchance. Il manque sur nos passeports les tampons nous autorisant à réceptionner l'enveloppe de *cash*. Les agents de l'immigration censés les apposer ont-ils oublié ou cherchaient-ils délibérément à nous causer ce genre de tracasserie ? Dépités, nous retournons nous asseoir, laissant Asia se dépatouiller en russe avec l'employée de banque. Quand elle parvient enfin à récupérer l'argent nécessaire pour régler nos chauffeurs et nos frais sur place, il fait nuit noire et nous avons perdu une journée de tournage.

2. Le départ

Le jour n'est pas levé quand nous entreprenons de charger notre barda dans les deux camionnettes tout-terrain. Liocha, le second chauffeur, un jeune homme de type caucasien qui ne parle pas un mot d'anglais, sort de son véhicule pour se présenter. Il me serre vigoureusement la main avant de nous aider à porter les caisses de matériel.

Nous ne sommes pas la seule équipe de tournage dans le hall de l'hôtel. Des Japonais y ont entreposé leur équipement et se préparent comme nous à lever l'ancre. Il faut redoubler de vigilance pour éviter de mélanger nos paquetages et nos caméras. Dehors, un grand type à la peau d'ébène, âgé d'une vingtaine d'années, discute avec le réalisateur japonais qui fume une cigarette. Le soleil darde ses premiers rayons et la température a chuté depuis la veille. Il fait -50 °C. Malgré mes trois doudounes superposées, les deux paires de collants sous mon pantalon thermique, mes *boots* canadiennes « grand froid » et mes gants en acrylique sous les moufles doublées, je suis transi de froid.

Le jeune Noir, demeuré seul sur le parvis pendant que les Japonais chargent leur équipement, grelotte autant que moi. J'en profite pour lui demander ce qu'il fait là. Le jeune homme parle aussi bien le français que le japonais. Sénégalais résidant à Tokyo depuis sept ans, il est devenu la mascotte d'une émission de divertissement diffusée sur une chaîne privée. Un rôle de Chocolat à qui on fait subir toutes sortes d'humiliations pour amuser le téléspectateur nippon. Je connais ce genre de programmes. Quand j'habitais au Japon, je tombais parfois le dimanche sur le show de « Beat Takeshi », où il s'agissait de fouetter à l'aide d'un martinet des filles en maillot de bain sous les rires moqueurs de Takeshi Kitano et de ses comparses, avant de les immerger dans de l'eau glacée et de les faire courir à cloche-pied pour les voir se vautrer sur les flaques d'huile que la production avait étalées sous leurs pieds. Le jeune homme m'explique que le principe de l'épisode qu'ils s'apprêtent à tourner reposera sur le contraste entre ses origines africaines et le froid glacial de Sibérie. J'imagine sans mal les turpitudes qui lui seront imposées.

– C'est un peu raciste, comme idée, lui fais-je remarquer. Ça ne te gêne pas ?

– Non. C'est très bien rémunéré et les gens me demandent des selfies dans la rue.

Nos bagages compactés dans les coffres, je serre la main du Sénégalais, salue l'équipe japonaise, et, non sans avoir capturé quelques clichés de la statue toute proche de Lénine, nous prenons la route sous le soleil levant balayant d'une lumière vaporeuse les faubourgs de Iakoutsk.

Notre convoi roule un moment avant de s'arrêter dans un village constitué d'une seule et large rue où se trouve le dernier supermarché avant des centaines, voire des milliers de kilomètres. Notre première (et dernière) étape avant l'immense désert de glace. Bardé de bicoques déglinguées, pour la plupart en bois, le village a quelque chose d'une bourgade du Far West ou d'un *Mad Max* sibérien. Nous achetons de quoi subsister pour le long périple qui s'annonce, et des produits de première nécessité qu'aucun de nous n'a pensé apporter. Puis nous remontons en voiture.

La route de la Kolyma n'existe qu'en hiver. Pendant les deux mois d'été, la crue des fleuves qui sillonnent la région la submerge pour la faire disparaître presque entièrement. Quant à son tracé hivernal, il est l'un des plus dangereux au monde. Raison pour laquelle les rares camions de marchandises qui l'empruntent doivent rouler par deux, au cas où l'un d'eux subirait une avarie – signant ainsi son arrêt de mort. Taillée dans le givre, la route de la Kolyma traverse littéralement la banquise des fleuves et des lacs gelés.

Nous faisons une halte au beau milieu de la Léna pour filmer nos premières prises de vues. Il est bien difficile d'imaginer que sous nos pieds, comme sous les roues de nos lourds 4 × 4 arrêtés sur le bas-côté, coule une eau glacée regorgeant de poissons. Je me demande quelles sortes de poissons peuvent survivre dans ces eaux-là.

Laurent, le chef opérateur, et moi sortons de voiture pour nous enfoncer jusqu'à la taille dans les congères poudreuses qui bordent ce tronçon de route éphémère et y planter la caméra. Je plains sincèrement Laurent, obligé d'ôter ses gants pour manipuler l'engin et fixer le cadre. Il s'avère d'emblée qu'il est le plus résistant au froid d'entre nous – Asia étant hors-jeu, puisqu'elle est sibérienne. Laurent est dans son élément, presque exalté par ces conditions climatiques extrêmes. Nous travaillons ensemble depuis une dizaine d'années et le hasard fait parfois bien les choses : il est l'un des seuls chefs opérateurs de France à avoir l'expérience des tournages par grand froid. Il a passé un an en solitaire, coupé du monde (pas de téléphone ni de connexion Internet), à filmer les manchots en Antarctique pour *La Marche de l'empereur*, un documentaire animalier oscarisé.

Avant notre départ pour la Sibérie, Laurent a fait des essais dans une chambre froide réglée à -70 °C. Il en a tiré la conclusion que deux caméras seraient nécessaires aux tournages : une pour le « froid », qui serait conservée dans une glacière, et une autre pour le « chaud » – c'est-à-dire pour nos entretiens ou prises de vue en intérieur. À cause de la condensation, et aussi des batteries qui se déchargent instantanément sous l'effet du gel, il est impossible de passer de l'intérieur à l'extérieur avec une même caméra. L'expérience et le tempérament de Laurent – aussi prudent qu'aventureux, rompu aux conditions de tournages extrêmes – constitueront un atout non négligeable.

Iakoutsk est déjà loin. Les hameaux dépeuplés qui l'entourent, construits pour héberger le personnel de Dalstroï, la compagnie créée par Staline pour gérer les camps du Goulag de Sibérie orientale, aussi. Les paysages sont magnifiques. Des plaines immaculées, à perte de vue. Du grand spectacle en cinémascope et sans écran. La route est maintenant la seule trace de vie humaine, même s'il n'y a guère de passage. La plupart du temps, elle est enserrée dans la taïga – parfois de minces bandes de conifères, parfois de denses et vastes forêts de mélèzes. D'après Asia, les mélèzes sont la seule espèce capable de résister à ce froid dantesque. On s'arrête parfois pour faire des plans. Nous faisons voler le drone que Louis, notre jeune assistant multitâche, pilote les doigts gelés, en manipulant la télécommande. Jamais plus de trente minutes, parce qu'il est difficile de résister davantage au froid (pour les humains comme pour le matériel), et parce que nous ne pouvons prendre du retard sur le planning. Il nous faut coûte que coûte parvenir à notre prochaine étape avant 21 heures, si nous voulons passer la nuit dans un lit.

En début d'après-midi (nous avons dû avaler une bonne centaine de kilomètres depuis le départ de Iakoutsk), bercé par le bringuebalement du véhicule, je finis par succomber à une nuit presque blanche et aux décalages horaires en enfilade. Je suis soudain réveillé en sursaut. Les bagages, dont l'empilement touche le plafond de l'habitacle, me sont tombés sur le coin de la figure. Notre voiture, qui a fait une embardée brutale, s'arrête net, et Asia en sort en courant, laissant la portière ouverte derrière elle. Sans comprendre, je la regarde traverser la route déserte quand j'aperçois, assis sur le bas-côté, entre le bitume givré et les premières rangées de mélèzes, un animal qui me paraît minuscule, la tête enfouie dans les épaules. Un félin, peut-être un bébé lynx (quoi d'autre, à mille lieues de toute habitation ?), en train de crever de froid. Voyant Asia courir vers lui, il lève la tête et ouvre des yeux immenses avant de claudiquer à sa rencontre. Un chat. Un petit chat gris tigré. Asia s'arrête au milieu de la route pour s'accroupir devant l'animal qui lui saute dans les bras.

3. Varlam et Chalamov

Revenue à la voiture, Asia dépose le chat sur mes genoux et se rassied à côté de moi sur la banquette arrière. Ce chat minuscule, agité de tremblements irrépressibles, est dans un état pitoyable. Maigre, hirsute, son pelage trempé est troué par endroits, laissant apparaître la chair à vif. Ses oreilles sont étrangement courtes et arrondies. Il vient d'en perdre les pointes, qui ont dû geler avant de se détacher et de tomber. Leurs bords irréguliers, comme découpés au cutter par un tailleur sous acide, sont écorchés et ourlés de sang givré. Le chat présente par ailleurs des traces de griffures au flanc, comme s'il avait été attaqué par une bête sauvage, et, chose étrange, il pue le poisson à plein nez. Les poils qui lui restent sont tout collés et poisseux.

Comment est-il arrivé là ? Il a dû vadrouiller un peu avant de venir s'asseoir, à bout de forces, à l'endroit où nous l'avons trouvé. Nous imaginons toutes sortes de choses à partir des stigmates inscrits sur son corps. Mais en définitive, il n'y a guère d'autres options que celle-ci : quelqu'un l'a déposé là et livré à une mort certaine.

J'ôte mon gilet polaire et l'enroule autour du chat en frottant son petit corps pour qu'il arrête de trembler. Malgré la chaleur de l'habitacle, rien n'y fait. Asia et moi l'abreuvons de caresses, sans parvenir à le rassurer ou à le réchauffer. C'est comme si le froid glacial de la taïga s'était insinué en lui. Blotti contre mes genoux, sa passivité est aussi inquiétante que ses tremblements. Si nous avions passé notre chemin, il serait mort de froid dans les minutes qui suivent. Pour autant, nous ne sommes pas sûrs qu'il parviendra à s'en tirer.

On s'arrête peu de temps après pour filmer le crépuscule. Asia est restée dans la voiture pour veiller sur l'animal. Quand le soleil a disparu derrière la ligne d'horizon, nous remontons en voiture.

Le petit chat s'allonge de lui-même sur mes genoux. Il grelotte encore.

Encore quatre heures de route avant notre prochaine étape. Un village du nom de Khadynga, qui abritait naguère une administration de Dalstroï.

Dans la voiture conduite par Liocha, il y a Louis, notre jeune assistant, Asia et moi. Le 4 × 4 de Sasha (l'imposant chauffeur iakoute), dans lequel se trouvent Laurent et Benjamin, nous précède.

– Il faut lui trouver un nom ! tonne Asia.

Les propositions se mettent aussitôt à fuser. Asia propose « Micha » (immédiatement décliné, car trop proche de mon prénom), et Louis, des patronymes plus adaptés à la race féline – sans aller toutefois jusqu'à l'inévitable « Croquette ». Je coupe court en affirmant avec un aplomb qui me surprend moi-même :

– Il s'appellera Varlam.

Asia applaudit des deux mains. Pourtant, la proposition peut paraître incongrue si on ne la restitue pas dans son contexte.

Nous roulons sur les traces de Varlam Chalamov, le plus grand écrivain des camps staliniens, dont la postérité a longtemps été éclipsée par celle d'Alexandre Soljenitsyne, le prix Nobel de littérature, l'auteur de *L'Archipel du Goulag*. En Occident tout au moins car, en Russie, Chalamov, dont la notoriété n'a fait que croître au fil des décennies, est un auteur culte. Asia a grandi avec ses textes. Elle a appris ses poèmes à l'école avant de lire ses œuvres complètes. Notamment les chroniques écrites au sortir du goulag (rassemblées en France dans un volumineux ouvrage, sous le titre *Récits de la Kolyma*), qui témoignent de ses vingt années de détention dans les camps – dont dix-sept entre la région de l'Oïmiakon et Kolyma.

Varlam Chalamov est né en 1907 à Vologda, une ville de relégation au nord de la Russie centrale. À 18 ans, il fuit l'autoritarisme d'un père prêtre orthodoxe pour étudier à Moscou. Arrêté une première fois pour trotskisme en 1929, il est déporté dans l'Oural. Libéré trois ans plus tard, Chalamov rentre à Moscou où il entame une carrière de journaliste et d'écrivain sans éclat. De nouveau arrêté en 1937 au titre de « l'article 58 », lors des gigantesques purges de la Grande Terreur, pour « activité trotskiste contre-révolutionnaire », il est expédié au « pays de la mort blanche ». Chalamov est affecté aux travaux les plus durs, ceux dont on ne sort que les pieds devant. Ses bourreaux veulent sa peau. Aucune souffrance ne lui sera épargnée. Battu, affamé, frigorifié, il frôle plusieurs fois la mort, alors que de nouvelles condamnations tombent les unes après les autres pour prolonger sa détention. Pourtant, et contre toute logique, Chalamov a survécu.

Ses nouvelles et sa poésie témoignent autant de l'horreur des camps que de la beauté venimeuse de la Sibérie orientale et de la dureté de son climat. Le réalisme le plus cru y est soutenu par une langue au scalpel. Par incidence, elle produit des échappées fantastiques ; le plus petit détail provoquant la nostalgie, un raisonnement philosophique propice à l'ironie, à la fatalité, à l'absurde. Quant aux structures du camp, son fonctionnement, ses acteurs, ils permettent de délivrer une topologie édifiante de la nature humaine. Rien n'est mis de côté, tout est passé au crible, soumis au regard acéré, presque extérieur, de l'écrivain. Le joug exercé sur les détenus par les gardiens de camp. L'emprise des droits-communs (mafieux et truands). Le travail de forçat dans les mines ou sur la route (celle que nous empruntons). La promiscuité douteuse des baraquements. La faim qui tord le ventre, assèche le corps et l'esprit. Le froid qui, plus encore que le camp, ses gardiens ou ses truands, constitue l'ennemi le plus impitoyable. Les exécutions de masse. « La fosse, la tombe commune des détenus – une grande fosse en pierre bourrée jusqu'en surface de cadavres non décomposés –, avait commencé à s'ébouler dès 1938. Les corps s'étaient mis à glisser sur le flanc de la montagne, révélant le secret de la Kolyma. À la Kolyma, on dépose les corps non pas dans la terre, mais dans le rocher. La pierre garde et révèle les secrets. Tous nos proches qui ont péri à la Kolyma, tous ceux qui ont été fusillés, battus à mort, saignés à blanc par la faim, tous peuvent être identifiés même après une dizaine d'années. Il n'y avait pas de fours crématoires à la Kolyma. Et les cadavres attendaient dans le roc, dans le permafrost. »

Libéré en 1951, mais assigné à résidence à Magadan, Chalamov n'est autorisé à rentrer à Moscou qu'après la mort de Staline, lorsque Khrouchtchev engage l'URSS dans la « déstalinisation », qui mettra peu à peu fin au système des « camps spéciaux ». De cette expérience épouvantable, Chalamov n'oubliera rien, pas le moindre détail. Durant ses longues années de détention, il n'a cessé d'écrire dans sa tête, et ses phrases se sont inscrites à l'encre indélébile dans sa prodigieuse mémoire. De retour chez lui en 1953, Chalamov les couche sur papier et entame la rédaction de son œuvre.

Asia insistait depuis des années pour que je lise les *Récits de la Kolyma*. Je m'y suis décidé quelques mois avant notre départ pour la Sibérie. À reculons. J'étais impressionné par la masse de l'ouvrage, et je restais sur le souvenir de Soljenitsyne – mes tentatives jamais abouties de lire *L'Archipel du Goulag*. Il en serait autrement de Chalamov. J'ai été happé dès les premières pages, avec ce sentiment rare et troublant qu'il s'adressait directement à moi. D'avoir, par-delà les époques et la géographie, rencontré sa complicité.

Comme Chalamov, ce petit chat décharné et traumatisé était une victime de la cruauté des hommes et du climat mortel de cette région. Tous deux avaient enduré de terribles épreuves et échappé *in extremis* à une mort certaine.

Le nom de Varlam s'est imposé.

4. Le bain

Je n'ai jamais aimé les chats.

J'ai grandi avec des chiens, que je tiens pour les animaux les plus intelligents. Les chiens n'ont peut-être pas le bagage génétique des chimpanzés, ni même les capacités intellectuelles des poulpes, mais le pacte qu'ils ont passé avec l'homme il y a des millénaires, leur fréquentation quotidienne avec lui, qui s'est perpétuée de génération en génération, en ont fait des mutants. Au point qu'aucun sentiment humain, même les plus complexes, tels que la nostalgie ou la culpabilité, ne leur est étranger.

Leur alliance remonte à la Préhistoire. En ces temps reculés, les hommes se déplaçaient sans cesse. Les loups les suivaient à bonne distance, tant par curiosité que par intérêt, attendant qu'ils quittent le bivouac pour se jeter sur des restes de nourriture. La meute prit le risque de s'approcher chaque jour un peu plus, si bien qu'au bout d'un moment, la rencontre eut lieu. Plutôt que d'indexer leur survie à une activité aussi aléatoire que la chasse, les loups se laissèrent peu à peu apprivoiser. Les hommes leur fournirent le gîte et le couvert, en échange de leur incroyable force de travail. Car c'est grâce au travail que fut conclu le *deal*. Un partenariat équitable, qui a transformé les loups en chiens et fait sortir les hommes de la Préhistoire. En tirant leurs traîneaux, les chiens ont permis aux hommes de traverser des milliers de kilomètres sur les plaines gelées. Ils les ont aidés à chasser, à garder et diriger les troupeaux, à creuser la terre pour y trouver de la nourriture, à les défendre contre toute forme de menace, et les sauver des catastrophes naturelles. Dans toutes les évolutions qui ont accompagné le développement de l'humanité, les chiens étaient là, se transformant au fil des besoins et des caprices de l'homme, jusqu'à devenir de plaisants compagnons de vie. On n'attendait plus d'eux que leur affection ; cette capacité d'amour absolu qui n'a pas d'équivalent dans le monde animal.

Il en va autrement du chat. Lui n'a signé aucun contrat avec l'homme, et le travail n'est pas son truc. Son humeur erratique tient au fait que, contrairement au loup, qui se situe dans le peloton de tête de la chaîne alimentaire, le chat est autant proie (ce qui le rapproche du lapin) que prédateur. Il n'a intégré le logis des humains que récemment – il y a deux ou trois siècles tout au plus. Avant cela, il traînait aux abords des habitations et des fermes. On le tolérait parce qu'il chassait les nuisibles – rats, souris, mulots. On ne lui en demandait pas plus. Il devait se débrouiller seul pour trouver sa pitance. Sa réputation était si ambivalente qu'il a été persécuté et même exterminé en Europe au Moyen Âge, car on le soupçonnait d'entretenir des liens maléfiques avec les sorcières ou le diable, élimination qui a vraisemblablement facilité la propagation des épidémies de peste. Depuis qu'il vit auprès de nous, son comportement, à en croire certains spécialistes, a évolué. Il se montrerait plus réceptif qu'on l'imaginait à l'affection de ses maîtres, et il en donnerait davantage en retour que par le passé.

Je ne pouvais guère en juger à cet instant. Ce petit animal amorphe, pelotonné sur mes genoux à l'arrière de la voiture, choqué et frissonnant, était pour moi d'une nature indéterminée : une chose souffreteuse et fragile dont je voulais juste m'assurer qu'elle tiendrait le coup jusqu'au prochain point de chute. Après quatre heures de route, la cataplexie dans laquelle il était plongé ne s'étant pas atténuée, il semblait encore balancer entre la vie et la mort.

Il fait nuit depuis un bon moment quand nous nous arrêtons dans une espèce de restoroute à la périphérie d'un village pour manger des boulettes de viande. Asia en prend aussi pour Varlam que nous avons laissé dans la voiture. Quelques minutes plus tard, nous entrons dans Khadynga, situé quelque part entre le Moyen Âge et une ère apocalyptique post-industrielle. L'écrasante majorité des habitants sont des Iakoutes au chômage qui passent le temps comme ils peuvent, principalement à boire de la vodka et à s'envoyer des shoots d'héroïne. Ce qui ne manque pas d'inquiéter Sasha, le chauffeur iakoute :

– Les gens d'ici vivent dans l'oisiveté et la misère. Quand ils sont drogués ou trop soûls, ils peuvent devenir querelleurs et sortir un couteau. Il y a régulièrement des échauffourées – parfois des victimes. Mieux vaut ne pas ressortir quand vous serez à l'appartement.

Nos 4 × 4 s'arrêtent devant une barre insalubre datant des années 1970, et l'équipe commence à décharger le matériel. Quand la porte coulissante s'ouvre et que l'air glacial s'insinue dans l'habitacle, le chat se serre contre moi en tremblant de plus belle. J'essaie de le mettre debout, mais il refuse obstinément, s'aplatissant comme une crêpe sur mes cuisses, terrorisé à l'idée de sortir. De mon côté, je suis inquiet de la réaction de la propriétaire. Elle doit nous louer son appartement pour la nuit, et je pressens qu'elle ne serait pas ravie, outre nos innombrables caisses et bagages, de voir débarquer un chat pelé et crasseux. Asia ne semble pas s'en soucier. Avec sa petite voix, sa candeur désarmante, on lui donnerait le bon Dieu sans confession. L'air de rien, Asia est une incroyable baratineuse. Opiniâtre, armée d'une patience à toute épreuve, elle parvient toujours à ses fins. Comme le chat ne daigne ni bouger ni sortir du véhicule, je le prends contre moi, et le cale sous ma doudoune avant d'en fermer la fermeture Éclair jusqu'au cou. Au moins, il sera au chaud le temps de pénétrer dans l'immeuble.

L'odeur de la cage d'escalier est un mélange d'ordures et de bois pourri. L'appartement se trouve fort heureusement au premier étage. Notre hôtesse nous attend dans la cuisine au fond du couloir qui dessert les chambres. Mon amie l'accable aussitôt de civilités et d'excuses avant de signaler, l'air de rien, la présence de Varlam, dont la frimousse apparaît quand j'ouvre ma doudoune. Apeuré, il quitte son moyen de locomotion et disparaît d'un bond dans l'appartement. Notre logeuse en est autant surprise que contrariée. Mais Asia ne lui laisse pas le temps de protester. Occupée à remplir le reçu qu'elle doit nous remettre, la dame finit par oublier la présence du chat. Au bout d'un moment, elle enfile son manteau, salue Asia sans un regard pour l'équipe et vide les lieux.

Je sors pour aider à monter les dernières caisses. Je reste ensuite quelques minutes dehors avec nos chauffeurs qui, tout comme notre logeuse, iront dormir ailleurs. Je remarque la fumée blanche qui sort des pots d'échappement de nos deux voitures. Pas une seule fois, même pendant les pauses repas, leur moteur n'a été coupé. Je demande pourquoi à Sasha.

– Si on coupe le moteur par cette température, la batterie se décharge instantanément, et on ne peut plus le faire repartir. On est obligé de le laisser tourner en permanence.

– Même pendant la nuit ?

– Surtout pendant la nuit.

Une solution peu écologique. Même si son impact sur le réchauffement climatique reste négligeable dans cette région, l'une des moins peuplées au monde.

En rentrant à l'appartement, je ne trouve pas Varlam. Tout le monde est affairé à se répartir les chambres et à défaire ses bagages. Nul ne se préoccupe du petit chat. La porte d'entrée est restée ouverte un bon moment pendant nos va-et-vient, et je tressaille en pensant qu'il s'est peut-être enfui.

– Ne t'inquiète pas. Il se cache sûrement quelque part dans l'appartement, assure Asia.

Nous entreprenons d'examiner les recoins obscurs de chaque pièce. Asia finit par le dénicher dans la cuisine, terré au fond d'un minuscule espace formé entre le radiateur et un réfrigérateur sans âge. Hors d'atteinte, il est résolu à ne pas sortir de son trou. Asia dépose alors une boulette de viande dans une coupelle au milieu du lino de la cuisine. L'effet est immédiat : Varlam montre prudemment le bout de son museau, avant de quitter sa cachette pour avancer sur la pointe des coussinets jusqu'à la boulette qu'il avale d'une traite. Puis, le corps légèrement en déséquilibre, prêt à tout instant à se carapater dans son trou, il lève sur nous des yeux implorants. Asia dépose une seconde boulette dans la coupelle. Le chat se jette dessus en oubliant ses dernières résistances.

Asia l'observe d'un œil circonspect.

– Il faut lui faire prendre un bain, dit-elle.

– Ça m'étonnerait qu'il apprécie.

Le chat finit de mâcher sa dernière bouchée quand Asia l'attrape par la peau du cou. Il se laisse transporter sans moufeter, les yeux ronds, comme paralysé, jusqu'au lavabo de la salle de bains. Quand elle tourne le robinet, inondant le pelage du petit chat, ce dernier pousse un cri aigu et se débat comme un diable. Je lui tiens fermement les pattes pour l'empêcher de s'échapper. Il bouge encore dans tous les sens quand ma camarade se met à lui parler russe en prenant une grosse voix pleine d'autorité qui le calme d'un coup. Elle le masse de la tête à la queue avec du shampooing, l'asperge pour enlever la mousse, le sèche en le frottant avec une serviette de bain (tout mouillé, il n'est pas plus gros qu'un rat), puis elle le dépose dans un carton rempli de bouts de papier (une litière de fortune), en lui ordonnant de faire ses besoins. Le chat la regarde l'air désespéré, mais obtempère avec la même docilité. Son urine sent extrêmement fort. Sans doute parce qu'il n'est pas castré, ce qui nous laisse penser qu'il n'a jamais vécu parmi les humains, que ce soit dans une maison ou en appartement.

– Quel âge peut-il avoir ?

– Vu sa taille et son comportement, répond Asia, je dirais un an. Peut-être moins…

Asia prépare des cœurs de Palmeni, des sortes de raviolis russes, quand toute l'équipe prend place autour de la table de la cuisine. Nous sommes épuisés mais heureux de partager ce repas ensemble et bien au chaud. Le chat, qui s'est ébroué et léché partout, comme si la baignade ne suffisait pas, est retourné se planquer sous le radiateur de la cuisine. Laurent nous raconte des anecdotes de tournages lointains. Puis, la vodka aidant, les vannes se mettent à fuser.

Au milieu de l'agitation et des éclats de voix, attiré par l'odeur des raviolis, Varlam quitte sa cachette pour venir rôder autour de la table. On termine nos assiettes et quelques verres de vodka en discutant de la journée du lendemain quand Asia jette un ravioli sur le lino. Le chat se précipite dessus et l'ingurgite aussitôt. Après le dîner, il boit un peu d'eau. Puis nous nous mettons au lit.

Je partage la plus grande chambre avec Asia – le reste de l'équipe s'agglutinant dans un dortoir exigu en face. Ma camarade s'endort rapidement. Dans mon petit lit de camp, je regarde le plafond en attendant que le sommeil me gagne. Des réflexions variées tournent en boucle dans ma tête quand je sens un poids léger creuser la couverture près de mes pieds. En me redressant, j'aperçois une petite masse sombre au bout du lit. Constatant que je ne dors pas, le chat remonte prudemment pour venir se planter devant mon visage. M'étant peu à peu habitué à l'obscurité, je distingue ses yeux grand ouverts devant moi. Ces yeux sont remplis d'une tristesse infinie. Je le caresse et me mets à lui parler tout bas. Ses muscles se détendent sous ma main. Un mince ronronnement jaillit de ses entrailles. Il tourne sur lui-même, se frottant à ma joue au passage, puis se met en boule, ferme les yeux, et s'endort contre moi sur l'oreiller.

5. Le Goulag

À la fin des années 1920, Staline a fait table rase de toute opposition, réelle ou supposée. Obsédé par la consolidation de son pouvoir, il lui faut sécuriser un empire bouillonnant qui se relève à peine du chaos révolutionnaire et de la guerre civile. Pour cela, Staline doit trouver coûte que coûte les ressources qui garantiront la paix sociale et la stabilité à l'URSS. Transformer une population encore rurale en stakhanovistes de l'industrie lourde pour rivaliser avec les États-Unis – la première puissance économique au sortir de la Première Guerre mondiale. Or, il existe aux marges de l'empire de gigantesques territoires dont on ignore encore les réserves en minerais et en hydrocarbures.

Ces contrées lointaines sont aussi peu accessibles que leur climat est invivable. La Sibérie orientale, véritable *terra incognita*, intéresse tout particulièrement le despote et ses scientifiques, qui subodorent les richesses inexplorées de son sous-sol. Pour en avoir le cœur net, Staline décide d'expédier une équipe de spécialistes dans la région du « Kolymo-Indihir ». Les géologues qui débarquent sur ce qui deviendra le port de Magadan, dans la baie de Negaïev, se font aussitôt harceler par les peuplades locales. Jusqu'alors, vivant dans des conditions primitives, elles n'ont eu aucun contact avec la « civilisation ». L'expédition tourne au western. Après avoir essuyé les assauts de tribus armées d'arcs et de flèches, les géologues parviennent à les tenir à distance pour pratiquer les prélèvements géologiques exigés par le Kremlin. Les ressources du sous-sol se révèlent d'une richesse folle, bien au-delà des espérances de Staline. Le rapport remis au gouvernement en 1930 affirme que la région renfermerait 25 % des ressources mondiales en or, et la majorité des réserves en étain d'Union soviétique. Le 11 novembre 1931, la décision est prise de créer la compagnie « Dalstroï », pour gérer l'exploitation de ces richesses minières.

Reste un problème, et non des moindres : qui pour y travailler ? Même en triplant les salaires d'une main-d'œuvre qu'on acheminerait sur place, nul ne se portera volontaire pour aller trimer dans les futures mines de cet enfer de glace. Dont acte, déclare Staline, en ce cas, envoyons-y les Zeks ! C'est ainsi que le Goulag – acronyme russe d'« Administration Principale des Camps » –, le système de répression mis en place à la fin de la révolution bolchevique, va se doubler d'une vaste entreprise coloniale.

Contrôlé par la police politique, le système des « camps spéciaux » était destiné aux « ennemis de classe » censés être « rééduqués » dans le socialisme par la claustration, la schlague et le travail forcé. Son acte fondateur est le télégramme qu'envoie Lénine, le 9 août 1918, aux autorités de la ville de Penza, pour mater une insurrection antibolchevique : « Il est impératif, écrit-il, d'organiser une escorte renforcée, composée de gens fiables, triés sur le volet, pour mener une impitoyable terreur de masse contre les propriétaires terriens, les popes et les gardes blancs. Les éléments douteux devront être enfermés dans un camp de concentration hors de la ville. »

L'année suivante, la Russie compte une vingtaine de camps. Fin 1920, il y en a une centaine. Ils sont installés à l'abri des regards, en périphérie des villes, mais pas seulement. Les premiers camps ont été installés au cœur de Moscou, à un jet de pierre du Kremlin, dans le quartier de la Loubianka, le centre administratif des services de renseignement (tour à tour appelé Tchéka, Guépéou, NKVD, KGB), qui abritait, dans ses sous-sols, une prison destinée aux prisonniers politiques.

C'est pourquoi, avant de nous rendre en Sibérie, nous avons passé une semaine à Moscou, sur les traces de ces premiers camps, et des exécutions de masse de la Grande Terreur des années 1937 et 1938.

Il y faisait un froid mordant, presque plus difficile à supporter qu'en Iakoutie, du fait de l'humidité des rives de la Moscova. La place Rouge et le Kremlin étaient rendus abstraits par des échafaudages et les travaux de rénovation en cours. Une chape de nuages bas escamotait la cime des sept gratte-ciels édifiés par Staline pour faire la nique à New York, symbole du capitalisme triomphant.

L'un d'eux, abritant la spectaculaire université de Moscou, avait largement utilisé la force de travail des Zeks pour ses travaux de construction qui ne prendraient fin qu'à la mort du dictateur, en 1953. Au début, les esclaves du goulag dormaient à l'extérieur du chantier, dans des baraquements situés à cinq cents mètres du site. Dès que le bâtiment fut un tant soit peu vivable, ils furent logés au 23e étage. Peu importait que le froid s'infiltre par les encadrements sans fenêtres, balayant les niches de béton transformées en dortoirs de fortune. C'était plus pratique et plus sûr. Le gratte-ciel était encore privé d'ascenseurs et les escaliers inachevés. Le suicide par défenestration étant la seule possibilité d'évasion, on put réduire les effectifs de surveillance.

Masha était notre guide dans la capitale. Cette toute jeune femme, à peine âgée d'une vingtaine d'années (on lui en donnait moins, tant elle était menue et juvénile), est historienne et documentaliste au sein de la célèbre association Mémorial, qui travaille sur les crimes de l'Union soviétique et sur les nombreuses entorses aux droits de l'homme dans la Russie actuelle – la bête noire de Poutine. C'est elle qui, le 30 octobre 1990, a ccréé devant la Loubianka le premier monument dédié aux forçats du Goulag : une pierre, vestige des îles Solovki où fut installé le premier complexe concentrationnaire situé sous le cercle polaire, véritable laboratoire des « camps spéciaux » (visité puis vanté dans les années 1920 par l'écrivain préféré de Staline, Maxime Gorki). Ces dernières années, des plaques commémoratives ont été apposées sur les murs, et des statues ont été érigées dans des lieux symboliques de la capitale pour rendre hommage aux victimes. Si bien qu'aujourd'hui, à notre grand étonnement, l'histoire du Goulag n'est plus taboue.

Un musée national flambant neuf, sis derrière la façade d'un immeuble présentant un gigantesque portrait de Chalamov, venait d'ouvrir ses portes. Son conservateur, un hipster d'une trentaine d'années répondant au nom élégant et suranné de Roman Romanov, n'a rien d'un apparatchik. Il a répondu à nos questions sans langue de bois et sans cacher les difficultés auxquelles il est régulièrement confronté :

– Il y a encore des manifestations devant notre musée, des gens qui s'opposent à l'idée d'un tel musée, qui disent qu'il vaut mieux oublier ce qui s'est passé et ne pas en parler… Je suis sûr que c'est transitoire. Justice a été faite. J'ai 35 ans. Je n'ai commencé à entendre parler du Goulag qu'à partir des années 2000. Ce n'était pas enseigné à l'école. Avec le temps, une politique d'État a vu le jour, qui commence seulement aujourd'hui à prendre forme. Bien sûr, beaucoup auraient aimé que ce processus débute dans les années 1990 ou 2000, mais j'ai le sentiment que c'était notre rythme. Cette évolution suit sa propre logique. Ce qui est en cours actuellement n'aurait pas pu se produire avant. Cette reconnaissance, bien que tardive, constitue une étape importante pour notre société.

Le musée national du Goulag et les autres mémoriaux qui ont fleuri ces dernières années ne sont ni le fait du hasard ni de la mansuétude du pouvoir. Ils sont davantage le fruit d'une politique pragmatique, non dénuée de cynisme. 28 millions de personnes ont été déportées dans les camps sous le régime soviétique. Nombre d'enfants y sont nés, et les Zeks, du moins ceux qui en sont sortis, ont ensuite fondé des familles – sans parler de l'administration tentaculaire du Goulag qui employait une main-d'œuvre pléthorique, des administratifs aux gardiens de camps, en passant par les juristes et quantité d'autres métiers. Bref, le Goulag a affecté un nombre considérable de destins. Dans le monde de surcommunication qui est le nôtre, il n'était plus possible de contenir ou de bâillonner la mémoire des camps. Plutôt que de colmater les brèches et de la laisser devenir un instrument de l'opposition, mieux valait l'intégrer au grand roman national russe qui n'est pas à une contradiction près. Poutine a donc choisi de lâcher la bride en accompagnant le retour de mémoire, et a autorisé l'érection d'édifices commémoratifs (sans toutefois jeter la figure de Staline aux orties). Et cela a plutôt bien fonctionné. En réalité, la principale entrave à la reconnaissance des crimes du stalinisme, c'est l'oubli. Les nouvelles générations, qui ont aujourd'hui une petite vingtaine d'années, ignorent ce qu'il s'est passé. Il suffit de discuter avec elles pour constater cette vertigineuse césure générationnelle. La plupart n'ont jamais entendu parler du Goulag. Encore moins de ce que leurs aïeux ont subi dans les camps – ces rescapés qui, par peur des répressions, se sont tus pendant des décennies avant de disparaître dans l'anonymat.

6. La fille des camps

J'avais rencontré Asia une dizaine d'années auparavant, à l'occasion d'un colloque sur le massacre de Babi Yar auquel nous participions tous les deux à Kiev. De dix ans ma cadette, Asia habitait avec son fils à Paris. Elle parlait parfaitement français, quoiqu'avec un fort accent russe. Je l'ai déjà mentionné, Asia est sibérienne. Non pas d'origine, mais d'une adoption qu'elle doit à son arrière-grand-père ; la généalogie de son histoire familiale s'entremêlant avec celle du Goulag et de l'Union soviétique. Car c'est le Goulag qui l'a fait naître à Novokouznetsk, une ville industrielle du sud-ouest de la Sibérie occidentale.

Fondée par les Cosaques au XVIIe siècle, elle est située à près de 5000 kilomètres (très loin) de Iakoutsk. Dostoïevski y a épousé Maria Dmitrievna Issaïeva en 1857. Près de deux millions de personnes sont passées par ses camps. Les premiers « exilés spéciaux » y furent expédiés dans les années 1920, lors de la « dékoulakisation » – l'assassinat en masse et la déportation en camps des propriétaires terriens.

Une décennie plus tard, Novokouznetsk est surnommée Stalinsk, en hommage au dictateur. C'est grâce à lui, ou plutôt aux Zeks qu'il a envoyés dans ses camps, que la ville doit son développement et son expansion territoriale. Forte d'à peine plus de 3 000 habitants à la fin du XIXe siècle, elle compte aujourd'hui 550 000 âmes.

– Ma ville est une ville de survivants. Ici, à part une centaine de personnes issues de la population locale venue des montagnes avoisinantes, chacun a un compte à régler avec le Goulag, me précise-t-elle.

Pour autant, ce n'est pas à Novokouznetsk que fut déporté Samouïl Shnapir, l'arrière-grand-père d'Asia. Alors qu'il est encore étudiant, Shnapir, un Juif originaire de Gomel, et un communiste convaincu venu à Moscou faire ses études, participe à la guerre civile en rejoignant la « Cavalerie rouge » de Boudieny – un proche de Staline, qui tombera en disgrâce en raison de son incompétence dans la foulée de l'invasion allemande de 1941. Shnapir est rapidement promu « instructeur du département politique », puis correspondant de guerre de la division, avant d'être élu délégué au troisième congrès du Komsomol. Dans les années 1920, journaliste à la *Pravda*, l'organe du Parti communiste, il participe à la « réorganisation révolutionnaire de l'enseignement » menée par Nadejda Kroupskaïa, la veuve de Lénine. Cela ne l'empêche pas d'être arrêté par la police politique en 1937, lors des purges de la Grande Terreur. Aura-t-il été l'objet d'une dénonciation malveillante ? A-t-il lui-même dénoncé des camarades ? Asia l'ignore. Elle n'a jamais cherché à le savoir.

– Après la chute de l'URSS, quand on a ouvert les archives, la plupart des familles choisirent de rester dans l'ignorance. On voulait éviter d'apprendre que les belles-mères avaient dénoncé leurs gendres, et des frères leurs sœurs. On ne voulait pas savoir la trahison d'un ami ou d'un collègue. »

Après un an d'interrogatoires (et de tortures), Shnapir est condamné pour « sabotage », et envoyé sous escorte au Sevjeldorlag : le chantier de construction de la voie ferrée Kotlas-Vorkuta. 1 500 kilomètres de rails à poser à travers la taïga la plus dense, la toundra la plus désertique, et les régions dites du « gel éternel ». Une évasion étant impensable, le camp n'était pas gardé. On le déplaçait en fonction de l'avancée des travaux. Là-bas, les Zeks tombaient comme des mouches. On n'enterrait pas les cadavres, on les empilait le long de la voie de chemin de fer. Malgré un taux de mortalité colossal, Shnapir était toujours vivant quand survint la guerre contre le nazisme : la « Grande Guerre patriotique ».

– Parmi les détenus du Goulag, un million de volontaires partirent au front, et purent bénéficier d'une amnistie, poursuit Asia. À part quelques généraux dont l'Armée rouge avait besoin, cette amnistie ne concernait pas les « 58 », c'est-à-dire les prisonniers politiques. Eux restèrent derrière les barbelés. Quant aux généraux graciés, l'un d'eux, du nom de Gorbatov, conduirait en 1945 l'offensive sur Berlin. Dans les camps, les rations de nourriture et de savon furent réduites à partir du 24 juin, soit trois jours seulement après le déclenchement de la guerre.

Peu après, toute correspondance fut interdite, les haut-parleurs et la radio retirés. Les années de guerre ont été les plus mortelles de l'histoire du Goulag. Les exécutions de masse n'étaient plus aussi fréquentes que sous la Grande Terreur ; ce fut la famine qui décima les camps. Selon les statistiques officielles, qui sont certainement en deçà de la réalité, 352 560 prisonniers périrent en 1942 (un sur quatre) et 267 826 (un sur cinq) en 1943. Plus d'un million de détenus ont rempli les fosses communes entre 1941 et 1945.

» Dès l'invasion de la Pologne par l'URSS et l'annexion de la Biélorussie occidentale, mon arrière-grand-mère avait envoyé ses filles à Dragitchine, sa ville natale, où vivait encore sa famille. Le 22 juin 1941, les motocyclistes de l'armée allemande traversèrent Dragitchine. Ma grand-mère et sa sœur, demi-juives, étaient promises à la liquidation immédiate. Les fusillades ciblant les Juifs ont eu lieu dans les hangars à légumes. Les filles étaient cachées dans la cave de la maison familiale dont le porche donnait sur la rue principale – cette même rue que devaient emprunter les condamnés à mort par fusillade. Elles s'y cachaient depuis deux ans quand elles ont été arrêtées. Après une nuit passée dans une cellule de la Gestapo, elles ont soudain vu la porte s'ouvrir sur l'oncle Arkasha ! Il était agent de police, et parvint à les sortir de là *in extremis*. L'oncle Arkasha les envoya se cacher dans la forêt la plus proche. Les partisans qui hantaient ces bois et avec lesquels il était en contact les ont protégées jusqu'à la fin de la guerre.

» En juillet 1944, quand Dragitchine fut libérée, mon arrière-grand-mère, qui s'était exilée dans l'Oural, ne savait rien de ce qui était arrivé à ses filles. Elle était persuadée qu'elles avaient été massacrées dans un des ravins de son enfance. Quant à Shnapir, son époux, qui ignorait tout de l'anéantissement des Juifs de l'Est, n'a appris le génocide des Juifs qu'en 1945, quand le goulag s'est rempli de collaborateurs et de nationalistes baltes et ukrainiens. Son camp, situé à l'époque près de la ville de Velsk, a accueilli un gros convoi de Lituaniens, dont beaucoup étaient les exécutants des basses œuvres de la SS.

» Le NKVD, progressant dans le sillage de l'Armée rouge, fournit de nouveaux contingents aux camps du Goulag. Hormis les prisonniers de guerre allemands (qui avaient leur propre système d'unités pénitentiaires), ceux-ci accueillent des Italiens, des Hongrois, des Roumains, des Autrichiens, des Bulgares, des Tchécoslovaques, et un nombre important de Japonais. Parmi les nouveaux venus, on comptait des criminels de guerre, des responsables de l'extermination des Juifs, des collaborateurs des nazis, et des « traîtres russes » caractérisés comme « éléments socialement étrangers ».

» Ces derniers se révélèrent les plus difficiles à soumettre. Ils avaient l'expérience de la guerre, ils avaient vu la mort, essuyé le feu, ils savaient résister à la faim, et ils avaient survécu aux camps nazis. Près de 4 millions de soldats soviétiques ont été faits prisonniers par l'armée allemande. Près de 2 millions sont revenus en URSS à la fin de la guerre. 15 % d'entre eux, suspectés d'avoir trahi la patrie, ont été envoyés au Goulag.

» Le Goulag voit alors naître une nouvelle classe de détenus : les « bonnets rouges » – ex-soldats ou ex-partisans. Ces derniers représentent une menace pour l'ancienne « élite » des camps – les « voleurs dans la loi » (criminels récidivistes) et autres « chiennes » (criminels ou « droits-communs »). Dans les baraquements éclatent de violents conflits et des batailles rangées qui font de nombreuses victimes. Par crainte des révoltes et des règlements de comptes meurtriers, le commandement essaie d'isoler les diverses factions de prisonniers et organise le *turn-over* des détenus, qui provoque un brassage constant de la population concentrationnaire.

» Parmi les *traîtres à la patrie* qui sont arrêtés à la fin de la guerre, il y avait l'oncle Arkasha. Même si le Goulag fut un lieu propice aux rencontres inattendues, mon arrière-grand-père n'y a pas croisé celui qui avait sauvé ses filles. Le *traître* fut directement envoyé dans le Grand Nord soviétique, à la Kolyma. Ils ne se sont rencontrés qu'en 1954, une fois libérés de leurs bagnes respectifs. »

Au cours de l'été 1946, la femme et les filles de Shnapir arrivèrent à Velsk, et louèrent un grenier dans une maison située non loin du camp où l'arrière-grand-père d'Asia était détenu.

– Pour ses filles, c'était comme des vacances d'été. Ma grand-mère, déjà une belle jeune fille, fut invitée à jouer au basket dans l'équipe des Zeks. Le soir, les filles dînaient à la cantine, et elles assistaient aux représentations théâtrales qui avaient lieu dans le camp. Les Zeks y jouaient du Shakespeare. Apparemment, après huit ans de séparation, les retrouvailles se sont bien passées. Peu de temps après, Shnapir était libéré. Il projeta de recommencer à zéro une vie de famille en Sibérie.

Shnapir n'avait pas le choix. On lui avait remis un « passeport de loup », qui lui interdisait de séjourner dans les principales métropoles d'Union soviétique, et donc de rentrer chez lui à Moscou. Comme la plupart des anciens Zeks, il était assigné à résidence, et fut contraint de s'installer dans un trou perdu du sud-ouest de la Sibérie.

Un répit de courte durée : lors de la campagne antisémite qui, au lendemain du conflit mondial, accompagne la démence paranoïaque de Staline, Shnapir est de nouveau arrêté, et condamné au « bagne à vie » dans une colonie pénitentiaire proche du cercle polaire. Il y travaillera à l'abattage du bois, avant d'obtenir le poste convoité de vendeur à la boutique du camp où cantinent les Zeks. Il ne semble pas avoir été confronté aux explosions de violence ayant émaillé l'après-guerre. Jamais la population du Goulag n'avait été si grande, si hétérogène et si explosive que dans l'immédiat d'après-guerre. La campagne antisémite qui débute en 1947 expédie dans les camps de nombreux Juifs ayant échappé au génocide. Ces derniers se retrouvent nez à nez avec les collaborateurs baltes, ukrainiens ou « traîtres russes » qui ont assassiné leurs familles. La guerre fait rage dans le Goulag. Elle se transforme bientôt en guerre contre le Goulag : les détenus, fait sans précédent, affrontent leurs gardiens. La situation devient ingérable pour les responsables de l'administration du Goulag.

– La mort de Staline, le 5 mars 1953, met progressivement fin au système des *camps spéciaux*. Le 12 mars 1953, dix jours après, les chantiers les plus ambitieux sont interrompus, car totalement contre-productifs d'un point de vue économique. Les bâtisseurs de la « Voie morte », ceux de Salekhard et d'Igarka, ne feront jamais leur jonction.

Le 13 mars, on décide de rémunérer les détenus pour stimuler la productivité. Une mesure libérale qui, loin de mettre fin au désordre, le précipite. La corruption augmente, et l'argent gagné par les Zeks permet l'introduction de la vodka et des drogues dans les camps. Le Goulag est un empire d'instabilité et d'insécurité à l'intérieur d'un empire lui-même en pleine crise politique. Pour Khrouchtchev, qui a succédé à Staline, il est temps d'y mettre un terme. Le 27 mars, trois semaines seulement après la mort du tyran, 2,5 millions de prisonniers retrouvent la liberté par décret. Mon arrière-grand-père en faisait partie. Loin d'être grisé par cette libération, Shnapir eut bien du mal à quitter sa geôle. Il avait 50 ans, il n'avait pas élevé ses filles, et n'avait vécu que très peu de temps auprès de sa femme. Il en avait rencontré une autre au bagne… Ma grand-mère alla le trouver pour lui annoncer qu'il était par deux fois grand-père. Parmi les petites-filles de Shnapir, il y avait ma mère. Le cœur du Zek fondit, et il rentra au bercail.

Le retour des anciens détenus – ces preuves vivantes de l'empire concentrationnaire – effraya plus encore la société soviétique que le rapport dit « secret » de Khrouchtchev qui, devant le XXe congrès du PCUS en 1956, avait condamné les crimes de Staline. Leur intégration dans la société fut difficile. Marqués au fer rouge, ils étaient soit des traîtres, soit des pestiférés. Varlam Chalamov, qui avait lui aussi recouvré la liberté, avait entamé la rédaction de son œuvre. Pour le reste, comme il l'a écrit, « être resté en vie est peut-être un bien, peut-être pas, c'est une question que je n'ai pas tranchée à ce jour ».

Rien de tout cela n'ébranla l'inoxydable foi communiste de l'arrière-grand-père d'Asia. À peine sorti du goulag, Shnapir reprit sa carte du parti communiste. Fin 1955, il obtenait ses papiers de réhabilitation. Il redevint journaliste, le métier qu'il exerçait avant les camps, et demeura jusqu'à sa mort, en 1981, un communiste convaincu.

7. La Grande Terreur

Récemment, les historiens de feu l'association Mémorial ont permis d'établir que les premiers camps de la capitale avaient été installés dans des monastères du centre-ville, au lendemain de la Révolution d'Octobre. Masha, qui travaille sur ces découvertes, a prévu de nous faire visiter un monastère proche de la Loubianka.

Pour rencontrer les nonnes qui ont repris possession des lieux après la chute de l'Union soviétique, nous traversons le pont Bolshoy Moskovoretsky, menant au pied du Kremlin. Au milieu du pont, un homme est assis sur une chaise pliante derrière un parterre de photos et de fleurs. Asia m'apprend qu'il s'agit du sanctuaire improvisé à la mémoire de Boris Nemtsov, assassiné ici même par des éléments de la garde prétorienne de Ramzan Kadyrov, le psychopathe qui dirige la Tchétchénie, le chien fou de Vladimir Poutine. Ancien ministre de Boris Eltsine, Nemtsov était devenu avant sa mort l'opposant le plus populaire et charismatique à la politique du

Kremlin. Le 27 février 2015, il sortait d'une interview donnée aux Échos de Moscou, la principale radio indépendante russe. Il aurait possédé des informations révélant l'implication de l'armée russe dans les échauffourées qui ont provoqué un conflit armé avec l'Ukraine dans la région du Donbass, un an plus tôt. La nuit était tombée, Nemtsov traversait le pont à pied, bras dessus bras dessous avec la belle Anna Douritskaya, sa compagne ukrainienne, lorsqu'un des sbires de Kadyrov, posté sur l'un des escaliers latéraux à l'entrée du pont, a dégainé un Makarov PM avant de tirer six balles à bout portant, et de disparaître dans un véhicule qui l'attendait. Nous discutons un instant avec l'homme assis derrière les photos et les fleurs. Le mémorial dont il est le gardien bénévole, régulièrement saccagé, nécessite une surveillance constante, raison pour laquelle il campe là, 24 heures sur 24. La mission n'est pas sans risques : son prédécesseur, Yvan Skripimitchenko, a été battu à mort le 15 août 2017.

De l'autre côté du pont, derrière le bâtiment de la Loubianka, nous discutons sous la neige avec les nonnes du monastère Ivanovsky, naguère divisé en deux par une barricade : d'un côté les nonnes, de l'autre les Zeks, confinés à double tour dans un bâtiment en dur sans eau ni électricité.

L'altari – la pièce réservée aux prêtres – avait alors été transformé en « club », c'est-à-dire en salle de rééducation des prisonniers. Il s'agissait de remettre les « déviants » et autres « ennemis de classe » dans le droit chemin. On y regardait des films de propagande, on y écoutait des discours sur les vertus du communisme libérateur.

– Y a-t-il eu des exécutions, ici ? demande Asia à l'une des nonnes qui nous reçoit au monastère.

– Nous l'ignorons. La seule chose que nous pouvons dire, c'est qu'à l'intérieur, dans les sous-sols, nous avons retrouvé des impacts de balles…

Le Goulag était l'une des figures de la répression. Il n'était pas la seule.

Pendant les années 1937-1938, qui couvrent la période des exécutions de masse de la Grande Terreur, 750 000 personnes ont été exécutées sur ordre du despote. Staline, qui ne supportait aucune forme de contestation, a commencé par liquider son armée. Mikhaïl Toukhatchevski, son maréchal en chef, accusé à tort d'avoir comploté contre l'État, sera sa première victime. Arrêté le 11 juin 1937 avec huit autres commandants de premier plan, Toukhatchevski est exécuté la nuit même. C'est le coup d'envoi de la purge contre les militaires. Quatre des cinq maréchaux de l'Armée rouge, quatorze de ses seize généraux, ainsi que onze commissaires politiques, suivront Toukhatchevski dans la tombe. Même les chœurs de l'Armée rouge, créés en 1928 pour le 10e anniversaire de la révolution bolchevique, sont décimés. Au total, 75 000 des 80 000 officiers de l'armée soviétique auraient disparu dans ces purges qui se poursuivent jusqu'au mois de mars 1939.

Mais la paranoïa de Staline, sa folie meurtrière ne s'arrêtent pas là. Elles frappent bientôt toutes les catégories de la population. Personne n'est épargné. Sur un mot, une plaisanterie, une dénonciation arbitraire, ou tout simplement pour remplir les quotas d'exécutions réclamés par le Politburo, la police politique peut débarquer chez vous au milieu de la nuit, vous arrêter, vous expédier dans une cellule de la Loubianka, avant de vous conduire par camion dans un « polygone » (champ de tir) du NKVD où vous serez fusillé par un peloton d'exécution.

Ce fut le cas à Boutovo, une forêt près de Moscou. Il y avait là, au milieu d'une clairière fermement gardée, un polygone du NKVD.

Entouré d'arbres décharnés, l'endroit, comme suspendu entre le bleu du ciel et la blancheur de l'épais tapis de neige, est aussi beau qu'il est sinistre. On y accède par un chemin de terre, à l'écart de la route et du village le plus proche. À l'entrée, en lieu et place de la cabane où des agents du NKVD contrôlaient l'identité des condamnés, et à quelques dizaines de mètres en amont de l'ancienne fosse à cadavres aujourd'hui marquée d'une croix, trône une petite isba en rondins de bois. Une fumée blanche et cotonneuse s'échappe de sa cheminée. Il s'agit d'une église. Pour éviter d'être la proie des promoteurs immobiliers, le site a été légué à l'administration de l'Église orthodoxe. Les victimes de la Grande Terreur assassinées à Boutovo – entre 20 000 et 40 000 – étaient des Moscovites, principalement des résidents étrangers. Des opposants allemands au nazisme, tous communistes, venus se réfugier en URSS à l'avènement d'Hitler. Des Américains. Des Grecs. L'ensemble de la compagnie

Skatowa, le théâtre letton de Moscou, mais aussi des koulaks, riches propriétaires terriens ou supposés tels, arrêtés sous divers prétextes – la plupart du temps, celui d'accointance avec le trotskisme. Des commerçants chinois et coréens. Des Juifs, ainsi qu'un nombre important de prêtres.

Le père Artemi, un homme de grande taille, d'une petite cinquantaine d'années, tremblant de froid sous sa soutane et sa barbe rousse, est là pour nous accueillir. L'homme est francophile et presque francophone. Déambulant dans les travées de neige déblayée qui parcourent le site, nous filmons le dialogue qu'Asia engage avec lui.

Les victimes étaient d'abord conduites à la Loubianka, pour un court passage à la prison de la Taganka, rue Vorontsovsky.

– Là, on leur lisait les chefs d'accusation, et on leur faisait subir un interrogatoire.

Après la séance de torture, ils devaient monter dans des camions maquillés avec le sigle d'une boulangerie pour pouvoir traverser la capitale sans être remarqués. Au bout d'une heure de transport, quand on les faisait descendre du camion, ils étaient inconscients ou à moitié morts. Ces camions préfigurent ceux de la SS sur le front de l'Est, à peine trois ans plus tard.

– Le pot d'échappement était dirigé vers l'intérieur, pour asphyxier les condamnés à mort qui, ainsi, étaient dans l'incapacité de se révolter. Les camions arrivaient par la route que vous avez empruntée aujourd'hui pour s'arrêter à côté de l'église en bois où se déroulait le contrôle de l'état-civil, de la photo d'identité, etc. Ensuite ils étaient conduits vers la fosse. Les soldats tiraient avec leur fusil dans la nuque des prisonniers, qui basculaient dans la fosse. Nous nous tenons devant cette fosse. La pelleteuse y entrait directement. C'étaient des quantités industrielles.

Le recours au monoxyde de carbone pour étourdir les prisonniers, c'était pour faciliter la tâche des exécutants :

– La plupart des victimes étaient sincèrement communistes. Ces hommes étaient demeurés fidèles à Staline, si bien que, quand les exécutions ont commencé, ils criaient, face aux soldats : « Vive le camarade Staline ! Vive le PCUS ! » Les tireurs étaient complètement décontenancés ! Ils hésitaient à leur tirer dessus. Ils ne savaient pas comment exécuter ces gens qui avaient tout l'air d'être des camarades. C'est pour ça que de telles mesures ont été prises, afin que les prisonniers ne se rendent pas compte de ce qui leur arrivait.

8. La nuit des poètes assassinés

Le lendemain de notre visite à Boutovo, Masha, la jeune historienne de l'association Mémorial, nous conduit au cimetière Donskoï, dans le quartier Danilovski, sur l'autre rive de la Moskova. On y trouve les tombes d'écrivains prestigieux, comme celle d'Alexandre Soljenitsyne, et de cadres du régime stalinien. C'est aussi là, dans ce cimetière ployant sous des paquets de neige, que s'est joué le tragique dénouement du CAJ – le Comité Antifasciste Juif, créé sous l'impulsion de Staline au printemps 1942.

Depuis le déclenchement du plan Barbarossa – l'invasion de l'URSS par l'Allemagne nazie, le 22 juin 1941 –, l'Armée rouge ne fait que reculer, perdant toutes ses batailles. Le coût humain de la Bérézina soviétique est faramineux. Dans les rangs de l'Armée rouge, les morts et les prisonniers se comptent par centaines de milliers. Les premières semaines, un soldat soviétique meurt toutes les deux secondes. L'hiver 1941-1942 sera celui de tous les dangers. Les Allemands sont parvenus aux portes de Moscou. Le Kremlin vacille. Les administrations sont évacuées à la hâte. Grâce à une audacieuse manœuvre militaire, le siège de la capitale est évité *in extremis*. Les Allemands sont repoussés de ses faubourgs par les troupes du maréchal Joukov. Il s'en est fallu de peu.

C'est alors que les informations relatives au génocide en cours des Juifs ont commencé à circuler. Les Juifs de Russie, dont beaucoup avaient de la famille en Ukraine, en Biélorussie ou dans les pays baltes, ont appris la mort de leurs proches, la destruction de villages entiers, les exécutions de masse quotidiennes. Le comédien et metteur en scène Solomon Mikhoels, lui-même d'origine lettone – la Lettonie a été déclarée *judenfrei* (« sans Juifs ») fin 1941 par les *Einsatzgruppen*, les « commandos mobiles de tueries » –, alerte Staline et les membres du Politburo. Mikhoels n'est pas n'importe qui. C'est une célébrité en Russie. Sa réputation dépasse de loin le théâtre yiddish de Moscou qu'il dirige. Dans le même temps, Peretz Markish, le plus reconnu des poètes du « revivalisme yiddish », est autorisé à monter au créneau pour exhorter en yiddish les Juifs du monde entier à se lever contre l'envahisseur : « Partout dans le monde, armés d'un fusil ou de la parole, vous êtes appelés par l'histoire à devenir des soldats dans cette guerre éternelle contre le fascisme. Soldats des vallées lointaines, faites tout ce qui est en votre pouvoir pour vider de son sang l'ennemi de l'humanité et du peuple juif ! », assène Markish, bouleversé, dans un discours filmé et radiodiffusé. Loin d'être philosémite, Staline voit là une chance à saisir. La guerre qu'il mène seul contre la déferlante allemande assèche non seulement ses forces vives, mais aussi le matériel militaire et les maigres subsides sur lesquels il peut compter pour financer la guerre. Il imagine alors un coup de billard à trois bandes. En autorisant la création du Comité Antifasciste Juif (CAJ) qu'il entend piloter en sous-main, il pourra peser sur les communautés juives d'Amérique et de Grande-Bretagne, et ainsi revenir en grâce auprès de ces démocraties naguère honnies. Le CAJ lui permettra de redorer son blason, gravement entaché par son alliance avec Hitler, entérinée le 23 août 1939 par la signature du pacte germano-soviétique.

Placé sous le contrôle de Lavrenti Beria, le redoutable chef du NKVD, le Comité Antifasciste Juif est créé le 6 avril 1942. Il rassemble les Juifs les plus célèbres d'URSS. Pour moitié composé de journalistes, de poètes et d'écrivains, dont les plus célèbres sont Vassili Grossman et Ilya Ehrenbourg, il compte aussi dans ses rangs des officiers de l'Armée rouge, des politiques, des cinéastes. Mikhoels est envoyé haranguer les communautés juives aux États-Unis, au Canada, au Mexique, et au Royaume-Uni. On y organise de grands rassemblements, des collectes, et des rencontres avec le gratin des opposants au nazisme. Le physicien Albert Einstein conseille à Mikhoels de recueillir au plus vite les témoignages des massacres dont sont victimes les Juifs dans les territoires occupés par les nazis, et de les consigner pour l'histoire dans un ouvrage. Ce sera le *Livre noir*, dont l'écriture et la conception sont confiées à Grossman et Ehrenbourg.

Mikhoels parvient à récolter près de 45 millions de dollars de dons, du matériel, des vêtements, des ambulances. C'est loin d'être suffisant, mais c'est déjà ça. Pour Staline, la mission du CAJ a dépassé ses espérances. Elle a fait oublier ses relations coupables avec Hitler. Si bien que Roosevelt s'engage, dans le cadre des accords du prêt-bail, à allouer une aide financière de 11 milliards de dollars à l'URSS. De quoi voir venir et se battre à armes égales contre le IIIe Reich. Le prêt-bail marquera le début de la reconquête soviétique et du lent reflux de la Wehrmacht.

Mais le CAJ, qui échappe à la volonté initiale de Staline, continue d'alerter le monde et les autorités soviétiques sur le génocide des Juifs, qui se poursuit en Europe centrale. « Les Juifs en font trop ! » s'exaspère le NKVD. Irrité par le militantisme « nationaliste » du CAJ, le maître du Kremlin, qui n'en a plus que faire, n'attend qu'une occasion pour le liquider. Le moment n'est pas encore venu. Maintenant que les États-Unis ont déclaré la guerre à Hitler, que l'Alliance qui lui permettra de vaincre l'Allemagne est constituée, une répression antijuive serait du plus mauvais effet. Dans le même temps, les équipes du *Livre noir*, en particulier Vassili Grossman, l'auteur de *Vie et Destin*, embarqué avec les armées soviétiques sur la ligne de front, commencent à récolter les témoignages du génocide. Grossman est sans nouvelles de sa mère, restée en Ukraine. Il apprendra bientôt qu'elle a été assassinée par les commandos de tueries de la SS et du SD.

La capitulation allemande actée le 9 mai 1945, Staline a les mains libres pour se débarrasser du CAJ, et de la manière la plus radicale qui soit. Solomon Mikhoels est tué à Minsk en 1948 par la police politique, en préalable à la répression qui s'abat sur le reste du groupe et leurs amis. Même l'épouse de Molotov (rappelons que Molotov, l'un des plus proches commensaux du despote, était également son ministre des Affaires étrangères), juive et soutien indéfectible du CAJ, est condamnée à cinq ans de relégation au Kazakhstan. Certains sont expédiés au goulag ; la plupart sont exécutés en secret dans les sous-sols de la Loubianka. Tel fut le sort de Peretz Markish qui, avec huit écrivains juifs, est assassiné sur ordre de Beria dans la nuit du 12 août 1952 – la « Nuit des poètes assassinés ». Leurs dépouilles sont transportées dans les caves de l'église Serafim Swarovski, un joli bâtiment de la fin du XVIe siècle couvert d'une peinture rose acidulée, tout au bout du cimetière Donskoï, pour être incinérées dans des fours crématoires de la marque allemande Kopf et fils – les mêmes que ceux utilisés par les nazis à Auschwitz. Les cendres sont dispersées dans les allées du cimetière.

Dans les années qui suivent la mort de Staline, les membres du CAJ sont réhabilités. Ici même, des mémoriaux leur rendent hommage. Au milieu d'une allée bordant le mur d'enceinte du cimetière Donskoï, un buste à l'effigie de Solomon Mikhoels a été érigé.

Nous y déposons des roses apportées par Masha. La Russie, qu'elle soit soviétique ou poutinienne, n'est pas à un paradoxe près : la sépulture de Mikhoels se trouve à quelques mètres à peine de celles de ses bourreaux – les officiers et agents du NKVD qui l'ont exécuté.

9. Wallenberg

En fin d'après-midi, nous avons rendez-vous dans les locaux de l'association Mémorial avec l'historien Nikita Petrov, un spécialiste de l'histoire du Goulag et des répressions staliniennes. Avant cela, nous faisons halte dans un café branché du centre de Moscou, tout près de la Loubianka. Masha nous parle de son travail, et du retour de mémoire sous la Glasnost, quand le pouvoir soviétique, à la fin des années 1980, a desserré son étreinte sur la population, libérant une parole jusqu'alors bâillonnée.

– Il y eut d'abord *Vie et Destin*, de Vassili Grossman, qui était jusqu'alors interdit de publication. Je crois que c'est en 1987 qu'il a finalement pu être édité dans une version encore caviardée. Ce fut le début d'une prise de conscience. Il y eut ensuite *L'Archipel du Goulag*, de Soljenitsyne, dont la parution a délié les langues. Pour ma part, j'ai découvert le Goulag au lycée, quand on a étudié les œuvres de Varlam Chalamov. Il faut noter qu'à l'époque,

Chalamov était enseigné dans les cours de littérature ; on ne parlait pas du Goulag en cours d'histoire…

– Comment as-tu rejoint Mémorial ? demande Asia.

– Je faisais des études d'histoire. Je m'intéressais à la Révolution d'Octobre. Or, il n'est pas possible de l'analyser sans observer ses conséquences : la « Terreur rouge », ce régime qui, dès le début, est fondé sur la violence et le crime de masse. Cela m'a conduite au sujet des répressions politiques, et à la plus effrayante de toutes : la Grande Terreur, qui a frappé tant d'habitants de ce pays, y compris des membres de ma famille. Je me suis rapprochée de Mémorial, qui était la première et même la seule organisation non gouvernementale à travailler sur ces sujets. En 2013, j'ai pu intégrer son programme de recherche intitulé « topographie de la terreur » ; « Moscou, lieux de mémoire ». Son objectif était d'identifier les sites qui, à Moscou, sont liés à l'histoire des répressions politiques. C'était après la première étape qui a tant marqué l'histoire de l'association et participé à son rayonnement. À cette époque, l'effort de tous les chercheurs était tourné vers la restauration des listes de victimes. Les demandes de leurs familles affluaient.

– Comment cette association est-elle née ?

– Mémorial est apparue à la fin des années 1980. Il s'agissait initialement d'un mouvement issu de la société civile qui réclamait l'érection d'un monument en mémoire aux victimes des répressions politiques. La plupart de ses membres se sont rencontrés à ce moment-là. Ils se sont ensuite constitués en association. Son premier objectif, qui demeure inchangé, est la préservation de la mémoire des victimes. Un travail de recherches historiques et de conservation des faits, qui comprend la création de centres d'archives, et la constitution de collections muséales. Il a permis d'ouvrir des antennes dans tout le pays et à l'étranger. Après cela, en étudiant les erreurs du passé, Mémorial s'est donné pour mission d'éviter leur répétition. Il ne s'agit donc pas seulement d'un travail historique, mais aussi de prévenir tout retour au totalitarisme. Nous croyons à la démocratie, à l'État de droit, à un cadre législatif qui respecte la dignité humaine et la vie. C'est pourquoi notre association a créé un Centre des droits de l'Homme dont la tâche est d'observer et d'alerter sur leur violation dans la Russie actuelle, particulièrement dans la région du Caucase.

Nous débarquons dans les locaux de Mémorial en toute fin de journée. Sise dans un immeuble moderne du quartier Karetny Riad, au centre de Moscou, c'est une ruche en ébullition où circulent d'un pas pressé ou nonchalant militants et chercheurs de tous âges. Les couloirs sont étroits, les pièces exiguës. Partout sur les murs sont affichés des portraits de l'historien Arseni Roginski, qui a cofondé l'association avec le Prix Nobel de la paix Andreï Sakharov. Roginski, un dissident juif né dans un camp du Goulag, celui de Perm, est décédé à l'âge de 71 ans d'un cancer, deux mois auparavant.

Avec Nikita Petrov, un historien chevronné d'une petite soixantaine d'années, nous discutons à bâtons rompus du Goulag, de son fonctionnement, de ses 2,5 millions de prisonniers au 1er janvier 1953, l'année de la mort du dictateur. Il nous raconte l'histoire invraisemblable de ces scientifiques allemands qui travaillaient pour Hitler à l'élaboration d'armes de destruction massive, enlevés en RDA dans l'immédiat après-guerre par la police politique d'URSS pour travailler dans les *charachka* de Russie (les laboratoires-prisons dépendant de l'administration du Goulag) à la conception de la bombe atomique.

– En 1945, le NKVD est déjà en RDA. Il était donc très facile de les ramener en URSS. Pour les ingénieurs allemands, le dilemme était le suivant : soit ils étaient expédiés à Moscou en tant que prisonniers, soit ils donnaient leur accord et pouvaient aller en Russie avec leurs familles par le train, comme des passagers lambda. Bien sûr, ils furent nombreux à essayer de s'enfuir. Toujours est-il qu'ils ont rejoint les instituts scientifiques top secret dévolus au programme nucléaire soviétique. Leur apport fut déterminant. Quand on observe la liste des ordres et des récompenses délivrés aux savants qui ont conçu la première bombe, on remarque que beaucoup d'entre eux ont des patronymes allemands.

De fil en aiguille, Petrov en vient à aborder le cas de Raoul Wallenberg. Avant le film de Spielberg sur Oskar Schindler, le diplomate suédois était le plus célèbre des « Justes parmi les nations » – la distinction accordée par le musée Yad Vashem de Jérusalem aux personnes ayant porté secours aux Juifs pendant la Shoah. Dans le but de sauver ceux qui peuvent encore l'être, les Juifs de Hongrie ayant commencé à être déportés en masse à destination des chambres à gaz d'Auschwitz-Birkenau à partir du printemps 1944, Wallenberg se rend à Budapest le 9 juillet de la même année sous l'impulsion de Churchill. Au péril de sa vie, le Suédois parvient à sauver 20 000 Juifs en leur délivrant des visas. Mais quand l'Armée rouge investit Budapest, Wallenberg, soupçonné d'espionnage au profit des États-Unis, est arrêté le 17 janvier 1945. Après cela, en tout cas pour ce que j'en sais, l'histoire perd sa trace.

Petrov :

– Ce que Wallenberg a fait à Budapest est connu et documenté, mais on sait très peu de choses sur ce qui lui est arrivé ensuite. Wallenberg est un symbole d'abnégation et de secours apporté aux Juifs hongrois. Il est également un martyr, car son destin fut des plus tragiques. Si de nombreux documents le concernant ont été détruits, il existe des aveux officiels de la part des Russes sur le fait qu'il a été arrêté et conduit à Moscou. C'est là qu'il est mort, dans une cellule de la prison intérieure du MGB – renommé KGB en 1954 –, place de la Loubianka.

» À ce moment-là, au sein des centres de détention de ce quartier de Moscou, des expériences étaient pratiquées sur des cobayes humains pour tester différents poisons, destinés à éliminer les opposants politiques de Staline.

» À partir de 1937, on teste des empoisonnements à base de curare ou de bactéries. Cela avait lieu dans des cellules de la prison où était enfermé Wallenberg, puis dans un laboratoire spécial, tout près de là, dans une ruelle donnant sur la rue Dzerjinski, qui était également un centre d'exécutions par fusillade. Ces recherches étaient menées par Grigori Moïssevitch Maïranovski, le commandant du service médical, un spécialiste en toxicologie. Il pouvait faire ses expérimentations directement sur des êtres humains, et non sur des lapins, ce qui a permis des avancées rapides et efficaces. On parle de ce genre d'expériences dans les camps de la mort nazis sans se rendre compte que des horreurs analogues étaient pratiquées au même moment à Moscou, en Union soviétique. C'est ainsi qu'est mort Wallenberg, précisément le 17 juillet 1947, par injection létale de curare ou de ricine.

Wallenberg fut enfermé deux ans dans le plus grand secret, transféré de Lefortovo à la Loubianka avant d'être exécuté pour une raison qu'on ignore encore – Staline en avait-il seulement besoin ? Quand on demandait aux autorités soviétiques où il avait bien pu passer, ces dernières répondaient : « Wallenberg doit être mort à Budapest en 1945. » Une décennie plus tard, lors de la « déstalinisation », Khrouchtchev admettra, à travers un document laconique, qu'il était décédé en prison d'un infarctus, ce qui peut paraître étonnant pour un homme d'à peine 35 ans. Son codétenu à la Loubianka, Willy Redel, un diplomate allemand également capturé en Roumanie, connaîtra le même sort. Un document officiel, probablement conservé par erreur, déclare que Rudel a été « détruit », autrement dit assassiné, prétendument dans un camp de Krasnogorsk réservé aux prisonniers de guerre. En réalité, Redel n'y a jamais mis les pieds. Il est mort durant son déplacement à la prison Butyrskaya, où son corps a vraisemblablement été incinéré. Interné dans un camp de prisonniers, Redel n'aurait pas manqué de faire savoir à ses compagnons d'infortune le destin que les services de répression soviétique avaient réservé au diplomate suédois. En 1989, peu de temps avant la disparition de l'URSS, le permis de conduire de Wallenberg, ses papiers d'identité et quelques billets en dollars furent transmis à sa famille, ce qui constituait déjà une forme d'aveu. D'autres révélations ont depuis permis d'accréditer la thèse de son assassinat, comme l'existence de cette note interne du ministre de la Sécurité d'État Viktor Abakoumov adressée à Molotov, en date du 17 juillet 1947. Rapidement détruite, on en connaît la teneur grâce au rapport de Smaltov, l'infirmier en chef de la prison de la Loubianka. Il y était écrit : « L'ordre est donné par le ministère de brûler le corps sans autopsie. »

– Oui, conclut Petrov, notre pays est tel qu'il a tué un Juste, un homme qui avait sauvé des vies, un homme dont les qualités d'humanité étaient connues de tous. Que dire de plus ? Voilà ce qu'était notre régime stalinien, un régime qui tuait des gens comme Wallenberg, sans aucun scrupule ni motif apparent. »

Vladimir Poutine, formé aux méthodes du KGB dont il fut un agent scrupuleux, a retenu la leçon.

Ses opposants – politiques, oligarques, journalistes, gêneurs avérés ou supposés – ont la fâcheuse manie de connaître des morts violentes ou accidentelles plus ou moins vraisemblables. C'est ainsi qu'a disparu Mémorial, dernier avatar d'une Russie potentiellement démocratique. Après que son dirigeant a été incarcéré sous des prétextes infamants, l'association a été dissoute par la Cour suprême russe le 28 décembre 2021. Une mesure préventive : l'invasion de l'Ukraine étant programmée au mois d'octobre de la même année.

10. La « route des ossements »

Voilà trois jours que nous avons quitté Iakoutsk, la capitale de Sakha, et avec elle, le peu qu'il restait de civilisation. Chaque jour, nous nous enfonçons un peu plus dans le Grand Nord sibérien.

Désormais, de notre point de départ matinal chez des locaux qui nous ont cédé leur logement, jusqu'au point de chute suivant où nous passerons la nuit, il n'y a pas âme qui vive. Les paysages désertiques s'enchaînent le long de la route de la Kolyma, que tout le monde ici appelle « route des ossements ». Afin de savoir pourquoi, nous avons fait un arrêt à Tiolply Clutch, un village isolé – le dernier avant le grand désert de glace. Y résidaient naguère les employés de Dalstroï, l'entreprise d'État qui administrait les camps du Goulag. Il se compose de quelques bâtisses de bois, et de deux immeubles en piteux état. L'un d'eux, l'école maternelle, héberge au rez-de-chaussée un de ces musées de poche, la plupart du temps limités à une pièce d'habitation, que nous rencontrerons partout au cours de notre périple, créés à l'initiative de simples citoyens, sans subsides ni soutien de l'État.

Maria Mikhaïlovna, une petite femme boulotte de 65 ans aux joues rosies par le froid (-42 °C ce jour-là) nous attend sur le perron. Cette infirmière à la retraite, qui s'est installée ici dans les années 1990, anime le petit musée de la route des ossements. On l'a remarqué, même si le village compte peu d'habitants, tous sont caucasiens. Ils étaient plus de 2 000 après-guerre – anciens Zeks et fonctionnaires des camps. Dans les années 1990, décennie de chaos et de disette, des travailleurs originaires de métropoles russes ont fui les pénuries et le chômage pour venir vivre ici contre quelques avantages financiers et la sécurité de l'emploi. Un salaire majoré à 80 %, et un billet gratuit pour la Russie centrale tous les deux ans. Maria Mikhaïlovna était l'une d'entre eux. Le village a depuis périclité et s'est vidé de ses habitants. Aujourd'hui, il ne compte plus que 600 âmes.

– Merci de venir visiter notre musée, nous dit Maria Mikhaïlovna en souriant. Nous en sommes d'autant plus heureux que nous n'accueillons pas souvent de visiteurs. Il n'y a que les étrangers de passage qui s'y intéressent, et ils ne sont pas nombreux. Ce musée a été fondé en 1996. Il se trouvait alors dans un autre bâtiment alloué par la Direction des routes de la Kolyma. On s'est installés ici en 2007.

Nous pénétrons dans une grande pièce baignée de lumière. À même le sol ou derrière des vitres sont exposés de petits outils de construction rouillés (brouette, pioches, clous, etc.), des paires de chaussures raidies par le temps et le gel, un panneau de bois affichant le « kilomètre 1 330 ».

– Les ouvriers qui travaillent à la réfection de la route nous les ont apportés. Ils avaient mis la main dessus par hasard, commente Maria.

La reconstitution miniature et un peu kitsch d'un baraquement trône sous les fenêtres. Les murs sont tapissés de photographies, de photocopies de pages de journaux, de tableaux chiffrés accompagnés d'explications en russe, tapées à la machine ou manuscrites. Un amateurisme qui donne à ce musée improvisé une patine humaine et émouvante. Cette route, que Maria nous dit être la plus longue du monde (1 600 km), a été construite par les Zeks « à la main ».

– Les travaux avançaient très lentement, à raison de 25 morts par jour, et 500 mètres par an. Ils ont commencé à y travailler en 1941, et l'ont terminée en 1954, quand Dalstroï a fermé. Durant toute cette période, la *trassa* était en chantier. Les gens y mouraient à cause du froid, de la faim. Les maladies les fauchaient en plein travail. Les gardiens n'hésitaient pas à tirer sur les plus faibles, les *dokhodiaga* (l'équivalent des *musulmans* d'Auschwitz). Leur dépouille était ensevelie aux abords de la route, pour ne pas retarder l'avancée des travaux. Les corps étaient immédiatement mis en terre, et on versait du gravier dessus. Voilà pourquoi on l'appelle la *route des ossements*.

Maria Mikhaïlovna n'a connu qu'une personne passée par les camps :

– Elle s'appelait Iraïda Nikolaevna Emelianovna. Elle s'est retrouvée ici parce qu'elle avait ramassé dix patates sur un champ. Ça lui a valu une peine de six ans.

– Quel âge avait-elle ?

– 10 ans.

Sous Staline, la loi du 7 avril 1935 supprimant les tribunaux pour enfants permit de juger les mineurs et de les condamner aux mêmes peines que celles encourues par les adultes. C'est ainsi que des contingents d'enfants ont été expédiés dans les camps de Sibérie. Ce fut le cas d'Iraïda Nikolaevna Emelianovna.

– Elle était détenue à Malinovka, dans le camp qui se trouve derrière Tiolply Clutch. Alors qu'approchait sa libération, elle a pris six ans de plus pour avoir mis le feu à un bâtiment. C'était probablement un accident. Au total, elle a passé 12 années au camp. Elle était âgée de 22 ans quand elle en est sortie. Elle s'est mariée, et elle a vécu et travaillé ici comme aide-soignante jusqu'à sa mort.

En reprenant la route, nous interrogeons Sasha, notre chauffeur iakoute, qui la sillonne depuis une vingtaine d'années. Personne ne connaît la *trassa* mieux que lui.

– Ce surnom macabre, il remonte à quand, au juste ?

– La *route des ossements* ? Nul ne le sait vraiment. Probablement quand ils l'ont élargie. Pendant la guerre, le chantier a été interrompu quand tout le monde a été envoyé au front, avant de reprendre en 1945. À l'époque, elle était très étroite, il n'y avait qu'une seule voie de circulation, et elle était plus dangereuse qu'aujourd'hui. Certains disent qu'on enterrait les morts directement sous l'asphalte, ce qui est très exagéré. En réalité, comme les cadavres se trouvaient aux abords du tracé, quand on a construit la seconde voie de circulation, les travaux ont débordé sur les fosses communes. Par la suite, la route s'est modernisée, civilisée, et est devenue une route fédérale. Son tracé lui-même a évolué pour relier les différents sites d'extraction d'or afin de faciliter le transport des ressources minières et des métaux qui ont contribué au développement de notre industrie nucléaire.

– Il y avait des camps où l'on extrayait de l'uranium ? demande Asia.

– Oui, c'étaient des endroits horribles. Le plus grand était celui de Boutougytchag, qu'on appelle aussi *la vallée de la mort*, près d'Oust-Sobchuk. Il y en avait un autre à Vassilievka, au sud de Iakoutsk, où s'entassaient 7000 prisonniers. Il se trouvait au sommet d'un cratère, et comme il n'y avait pratiquement pas de bois aux alentours, les baraquements étaient en pierre. Les problèmes de chauffage y étaient constants. Ces camps étaient les plus durs et ils étaient immenses.

– La route a-t-elle beaucoup changé depuis que tu l'empruntes ?

– Ça, oui ! Il y a vingt ans, on devait se préparer pendant des semaines pour atteindre Magadan en partant de Iakoutsk. Le voyage était dur et périlleux. Certains de ses tronçons étaient directement taillés dans la roche, et pouvaient culminer à 300 mètres au-dessus du niveau de la rivière. Il n'y avait encore qu'une seule voie de circulation, et beaucoup de voitures tombaient dans le ravin. En contrebas se trouvait une petite isba dans laquelle un employé se chargeait de réguler la circulation, car on ne pouvait ni se doubler, ni s'arrêter. L'employé allumait un feu dans l'isba pour signaler aux conducteurs qu'une voiture s'était engagée plus haut, et qu'on ne pouvait pas circuler. Les voitures s'agglutinaient en file indienne pour attendre que la voie soit libre. Si la rivière débordait, ce qui arrivait fréquemment au début du printemps, avant que la route ne soit complètement fermée pendant les deux mois d'été, nous étions contraints d'attendre des semaines avant de pouvoir continuer notre route.

– Et les camps du Goulag… Il y en avait plus qu'aujourd'hui ?

– Bien plus. En vingt ans, les baraquements ont pratiquement tous disparu. Les autochtones les ont pillés ou détruits.

À l'époque du Goulag, quand Chalamov travaillait sur la route, un certain Garanine supervisait les travaux dans la région. Ce dernier, également chef de la troïka, le tribunal mandaté par la Guépéou qui lui confère un droit de vie et de mort sur les détenus, aurait envoyé durant son office 25 000 Zeks, pour la plupart des politiques et des réfractaires au travail, à la « Serpentinka », le principal centre de mise à mort de la région. Dans les années 1937-1938, celles de la Grande Terreur, on y fusillait les prisonniers à tour de bras. Chalamov raconte que chaque matin, lors du rassemblement, la liste des personnes à exécuter, signée de la main de Garanine, était lue au son de la fanfare. Sur le chantier de la *trassa*, Garanine aurait fait fusiller 2 000 prisonniers qui n'avaient pas rempli les normes de travail, sur une période d'un mois et demi. « Les équipes diminuaient en nombre, écrit Chalamov. Sur la route menant à la *Serpentine*, à la *mission*, des fusillades venaient de la direction du nord ; des camions défilaient jour et nuit – et revenaient à vide. »

Les cibles privilégiées de cette vaste campagne d'épuration étaient les politiques. Sur ordre du Kremlin, leur vie devint un enfer. Quand ils n'étaient pas condamnés aux exécutions sommaires, les politiques subissaient les mauvais traitements infligés par les gardiens, et les diktats brutaux et plus arbitraires encore des droits-communs (autrement dit, les truands) qui, eux, jouissaient de nombreux privilèges. Garanine en était conscient et avait conclu une sorte d'accord tacite avec les malfrats et les mafieux. Traités d'« Ivan Inanovitch », un sobriquet affublé aux internés politiques – qu'ils fussent trotskistes, écrivains ou poètes – pour moquer leur érudition, les intellectuels étaient les parias du goulag. Il n'était pas rare qu'ils commettent sciemment des délits dans l'enceinte du camp pour obtenir le statut si envié de « droit-commun ». Comme de nombreux chefs de camps soumis à la propagande du régime, Garanine était convaincu que les politiques « [avaient] ruiné le pays et [voulaient] la perte de tous ». Les « Ennemis du peuple » étaient des parasites ou des bons à rien. Durant cette période dite des « exécutions Garanine », dont le point d'orgue est l'année 1938, les politiques seraient systématiquement éliminés. Quant aux « crevards », les *dokhodiaga*, ils étaient liquidés sur place. C'était surtout pour des raisons économiques : il fallait éviter le gaspillage des rations alimentaires. L'inhumanité du Goulag ne se réduit pas à sa cruauté. Elle l'était plus encore du fait de sa gestion technocratique.

11. Cuba au pôle Nord

Les paysages changent continuellement, à mesure que nous nous enfonçons dans l'Oïmiakon. Et que nous perdons des degrés. Les vallées encaissées aux cours d'eau givrés succèdent aux forêts de mélèzes. La réverbération rejette une multitude de teintes et de nuances rouges et bleues, qui viennent se nicher sur une plaine immaculée, sur la cime des arbres, sur la face ombragée d'une colline de glace. Les soleils couchants sont les plus beaux que j'aie jamais vus.

Chaque sortie, le moindre plan à filmer, est une épreuve. Difficile de résister au froid après dix petites minutes en extérieur. On ne s'y habitue pas. Le plus dur, ce sont les extrémités : les pieds et les mains. Sous-gants, moufles molletonnées, *boots* grand froid canadiennes, chaufferettes – rien de tout cela n'a d'efficacité à moyen terme. Mais chaque sortie vaut le coup, chaque prise de vue nous semble stupéfiante.

Varlam attend dans la voiture avec Asia et Liocha, allongé la plupart du temps sur la plage avant, là où il fait le plus chaud. Quand nous reprenons la route, il vient se blottir sur les genoux d'Asia ou sur les miens. Ses poils tombent par plaques, comme de petits carrés de moquette usés, mais il a retrouvé un peu de dignité depuis qu'on l'a lavé, et il a bon appétit. Comme s'il n'arrivait jamais à épuiser sa faim. Il quémande tout le temps et mange n'importe quoi. La nuit, il dort en boule sur mon crâne. Je l'entends ronronner avant de m'endormir. Au réveil, on charge le matériel et les bagages, après quoi je le fourre dans ma doudoune pour marcher jusqu'à la voiture. Malgré sa docilité craintive et ses traumatismes, Varlam reste un chat. Tenaillé par la curiosité, il ne peut s'empêcher de passer la tête dehors, comme le bébé kangourou hors de la poche de sa mère. Cela fait toujours rire Asia. Bringuebalé d'un endroit à un autre parmi ces humains inconnus qu'il apprend à tolérer sans s'effaroucher, le chat a l'air de tenir le coup. Asia et moi faisons ce que nous pouvons pour faire disparaître les urines qu'il laisse partout derrière lui. Le problème, c'est qu'on n'a pas de litière, et qu'il n'y a nulle part où s'en procurer. Le carton dans lequel Asia a placé des morceaux de journaux déchirés ne suffit pas, d'autant que le chat n'a visiblement jamais vu une litière de sa vie, et qu'il ignore à quoi ça sert. Asia a une autorité incroyable sur lui. Quand elle devine qu'il a envie de faire ses besoins, elle l'attrape fermement par la peau du cou et le dépose dans le carton. En prenant sa grosse voix russe, avec des « r » aussi roulés qu'un éboulement de rocaille, elle lui intime l'ordre de faire là, et Varlam s'exécute. J'ai essayé de l'imiter, mais ça ne marche pas avec moi.

À Kubume, le point le plus froid de la planète, que les locaux appellent par dérision « Cuba », nous faisons halte dans un improbable restoroute – un cube de tôle rudimentaire à l'intérieur lambrissé de lattes de bois, où trois « mamas » iakoutes d'âge indéfinissable servent du riz et des boulettes de viande faites maison aux rares chalands de passage. C'est la deuxième fois qu'on s'y arrête. Après sa libération, alors qu'il lui était encore interdit de quitter la région, et qu'il demeurait en résidence surveillée, Chalamov avait vécu quelques années ici. Il travaillait dans un dispensaire comme aide-soignant. Le village existe encore, juste derrière le cube de tôle. Mais, abandonné depuis longtemps – ses derniers habitants l'ont quitté au début des années 1990 –, ce n'est plus qu'une enfilade de blocs de béton squelettiques et grisâtres, à demi enfouis sous la neige. La carlingue rouillée d'une vieille guimbarde des années 1930 est encore garée devant l'un d'entre eux.

Kubume se trouve à l'intersection de la route des ossements et de « la route du gel ». Cette dernière traverse la région la plus sauvage de l'Oïmiakon. Nous devons l'emprunter pour filmer les derniers vestiges des baraquements du goulag. C'est là, de l'autre côté des montagnes de la Verkhoïansk, coupés du monde et cachés au milieu des clairières de forêts impénétrables, qu'ils sont le plus nombreux.

Nous garons les 4 × 4 devant le restoroute, impatients de nous mettre quelque chose dans le ventre. J'ai rarement été aussi affamé. Un des effets du climat sibérien. J'attrape Varlam, le cale entre ma polaire et les duvets, et nous sortons affronter le froid qui nous sépare de quelques mètres du cube de tôle. À peine avons-nous franchi le seuil de la cantine surchauffée qu'une bande de chats menaçants, toutes griffes dehors, se précipite sur moi. Ces matous, qui sont de taille et de couleurs variées, ne semblent guère goûter l'intrusion de Varlam sur leur territoire. Je ne donne pas cher de sa peau s'il s'échappe. Après un concert de miaulements, la horde finit par lâcher l'affaire et se disperser. Varlam et moi prenons place à côté de mes camarades, sur les bancs alignés devant de longues tables de bois, pour nous jeter sur le plat du jour. Un repas de roi pour un Zek ; un délice pour chacun d'entre nous. Encore un des effets tordus du climat : si on me l'avait servi dans un troquet parisien, je ne suis pas sûr que j'y aurais touché. Varlam se régale des morceaux de boulettes que lui donne Asia à la bécquée. Alors qu'on s'apprête à repartir, une des mamas s'approche de notre table pour échanger quelques mots avec Asia. Au bout d'un moment, la mama éclate de rire et retourne à ses fourneaux, décochant un regard équivoque à notre preneur de son.

– Qu'est-ce qu'elle voulait ?

– Elle m'a demandé si Benjamin ne serait pas tenté de rester ici, et de se marier avec elle. Elle a promis qu'elle s'occuperait bien de lui.

– Sérieusement ?

– Je crois, oui. Benjamin lui rappelle un acteur français, très célèbre en Russie.

– Qui donc ?

– Pierre Richard. Tu connais ?

– Bien sûr !

– Dans les années 1970-1980, c'était une star en URSS. La télé nationale diffusait régulièrement ses films.

– J'ignorais que sa notoriété avait atteint la Iakoutie... Mais Benjamin ne lui ressemble pas du tout !

J'avise Benjamin qui, assis sur un banc au fond de la cantine, finit d'avaler ses boulettes. Avant de devenir ingénieur du son, il a fait toutes sortes de métiers, tels qu'assistant-réalisateur de grands cinéastes français, ou moniteur de voile en Bretagne. De dix ans mon aîné, c'est une personnalité unique, parfois agaçante. Il me suit dans tous mes tournages depuis plus d'une décennie. Ensemble, nous sommes partis pendant de longs mois sur les traces des *Einsatzgruppen*, traversant l'Europe centrale d'ouest en est, et des pays baltes au sud de l'Ukraine. Nous avons parcouru le monde arabe en proie à la fièvre révolutionnaire des années 2011-2012 pour interroger, jusqu'au cœur de Gaza, les dirigeants de la confrérie des Frères musulmans, avant de planter les caméras et la perche dans les salles d'audience du Tribunal correctionnel de Vienne, dans l'Isère, pour documenter la justice du quotidien. Je ne peux que rarement partager ces souvenirs avec lui : tel le poisson Dory dans *Le Monde de Nemo,* un mystérieux problème de mémoire fait qu'il oublie tout instantanément. Les maisons de production redoutent son harcèlement : quand il manque de travail et qu'il les appelle chaque jour pour leur réclamer du boulot. Sujet aux TOC, notamment en ce qui concerne l'hygiène (il change de T-shirt et de sous-vêtements trois fois par jour), c'est l'homme le plus inquiet et le plus stressé que je connaisse. À la fois secret et sans filtre, intelligent mais naïf, peureux et téméraire jusqu'à l'inconscience, Benjamin est un paradoxe ambulant. Si l'inquiétude est chez lui une seconde nature, il est aussi capable de braver ses angoisses par dévotion à un projet filmique et par fidélité à son réalisateur. Son professionnalisme et son humour – qui est la vraie marque de son désespoir –, me sont devenus au fil du temps indispensables. Je suis toujours rassuré par sa présence dans mes tournages les plus lointains et difficiles. Parce que mes angoisses ne seront jamais aussi intenses que les siennes, mais aussi parce que je sais qu'avec lui, la prise de son sera impeccable, et que je n'aurai pas à m'en soucier.

Notre déjeuner réglé auprès des mamas iakoutes, nous faisons le plein à la station-service, et prenons la « route du gel », qui part de Kubume comme un talweg à l'assaut des montagnes de la Verkhoïansk. Contrairement à celle des ossements, dont la plupart des tronçons sont bitumés (même si le revêtement est invisible sous les couches de neige), la route du gel, sinueuse et dangereuse, est taillée dans le givre, à flanc de montagne. Elle traverse le territoire des Evenks, le peuple des éleveurs de rennes.

12. Le peuple de la Verkhoïansk

Nous gravissons les montagnes le long de cette piste étroite, bordée de ravins abrupts. La température ne cesse de chuter, et les paysages sont plus beaux encore que ceux que nous avons traversés jusqu'alors. C'est une multitude de petites montagnes aux cimes arrondies, parfaitement blanches, qui me rappellent celles du Rwanda, un pays magnifique, visité quelques années auparavant pour commémorer les vingt ans du génocide des Tutsis.

Au sommet d'une colline, au détour d'un virage serré, deux rennes forgés dans un métal brillant signalent l'entrée en territoire evenk. J'ai changé de véhicule pour entendre les explications de Sasha, notre chauffeur iakoute, sur ce peuple mystérieux. Sasha en connaît les usages et les traditions, étant lui-même de cette extraction qui se perd dans les origines de l'humanité.

Plusieurs versions circulent sur la provenance des Evenks. La plus probable, compte tenu de leur physionomie (même si les Evenks sont plus grands et plus charpentés) et de leur mode de vie, est qu'ils sont lointainement reliés aux Mongols. Peut-être aussi avec les Aïnous, le peuple chamanique de chasseurs-cueilleurs qui fut le premier à prendre souche au Japon. Longtemps discriminés, les Aïnous ont façonné les traditions ancestrales de l'île d'Hokkaido, située au nord de l'archipel, sous la mer d'Okhotsk dans laquelle se jette Magadan, la pointe orientale de la Sibérie. Selon Sasha, les Evenks seraient en fait d'origine turque.

Farouchement attachés à leur culture ancestrale, refusant de se plier au diktat de la « civilisation », ils ont choisi de poursuivre le nomadisme de leurs ancêtres, au plus près de cette nature hostile, se déplaçant au gré de la transhumance de leurs troupeaux de rennes, dormant sous de simples tentes de toile.

Les Evenks, nous apprend Sasha, sont animistes : leur religion et leurs coutumes sont peuplées de dieux liés aux éléments de la nature. Il y en a de toutes sortes, et il existe une espèce de hiérarchie entre eux. Batougaï, divinité de la vie, du soleil et du feu, est le plus puissant de tous. On lui fait régulièrement des offrandes (sous forme de crêpes, qui symbolisent le soleil, et dont on jette de petits bouts dans le feu), on le prie, on le loue dans des cérémonies qui ponctuent la vie et les saisons – dix mois d'un hiver glacial puis, sans transition, deux mois (juin et juillet) d'un été cuisant. Dans les tréfonds de la terre résiderait un dieu plus sombre, sorte de démon qui jugerait les âmes mauvaises en leur jetant des sorts et en maudissant pour l'éternité les lieux corrompus par leurs actions.

– C'est pourquoi, déclare Sasha, la plupart des baraquements des camps du Goulag ont été détruits par les Evenks, qui considéraient ces endroits comme maudits. Mais ce n'est pas la seule raison de leur disparition. Quand, à partir des années 1990, les gens de la région ont eu accès aux machines-outils et aux tracteurs, ils les ont démontés pour en récupérer le bois.

Autre particularité du mode de vie des Evenks : le matriarcat. Le chef de tribu est une femme. Le deuxième personnage le plus important, le chamane et doyen du clan, préside les cérémonies dans un habit chamarré de couleurs vives et coiffé d'un chapeau orné de longues plumes, comme les Sioux. Chargé des rituels et de la divination, il dialogue avec les esprits de la forêt pour prodiguer fertilité et prospérité aux siens.

Le long de la route sinueuse qui zigzague à flanc de montagne entre les gouffres de la Verkhoïansk, nous croisons des ponts de bois à la structure sophistiquée, des baraquements, des miradors. Vestiges du Goulag, ces édifices qui datent des années 1930 doivent leur solidité aux efforts colossaux fournis par les Zeks qui les ont édifiés, dans des conditions qu'on peine à imaginer. Le paysage, spectral et fantastique, est digne d'un film de Tim Burton. Les mélèzes aux branches folles sont comme vitrifiés, prisonniers d'un cocon de glace.

– Les Evenks ont-ils joué un rôle pendant la période des camps ? demande Asia.

– Tout ici est contre l'homme. En hiver, comme vous pouvez le constater, il fait très froid, il n'y a nulle part où se réfugier. Partout, ce sont des montagnes… Sans parler des points de contrôle disséminés sur cet immense territoire. Comme il était impossible de passer par une ville pour s'enfuir, les détenus devaient traverser la taïga. C'est alors que les gardiens de camp faisaient appel à une brigade spéciale constituée d'Evenks. La brigade était embauchée pour retrouver les fuyards. Ils partaient dans la taïga avec leurs huskies et rattrapaient les prisonniers en fuite. Ils devaient les tuer sur place et ramener leurs oreilles pour prouver que le travail avait été accompli. Alors, les gardiens cochaient, dans leur formulaire dédié, *a été exécuté lors d'une tentative de fuite*. Puis ils rétribuaient les pisteurs evenks pour leur peine.

– Combien ?

– En échange d'une paire d'oreilles, ils recevaient 3 roubles. C'est une page sombre de l'histoire de cette contrée, et les Evenks n'aiment pas en parler.

On s'arrête pour la dernière prise de vue de la journée sur la crête d'une montagne. Celle-ci surplombe une forêt de mélèzes qui court sous nos pieds pour aller se perdre dans l'horizon mauve du crépuscule. Benjamin retire son casque, une expression étrange fichée sur le visage. Je l'interroge du regard.

– C'est la première fois que j'écoute le silence absolu, me répond-il.

Pas une voiture, pas un oiseau, pas même le craquement d'une branche.

13. La chevauchée fantastique

Il fait nuit noire quand nous reprenons la route. Nous manquons plusieurs fois de déraper dans un ravin, nous perdons de vue la seconde voiture que nous retrouverons fort heureusement indemne à notre point de chute : Topolinoe, un village (ou plutôt un hameau de quelques maisonnettes en bois) que nous atteignons sains et saufs peu après 22 heures.

La maison de plain-pied que nous cède pour deux nuits une relation de Sasha – un de ses cousins, semble-t-il – est étonnamment confortable, même si, par endroits, elle n'est pas tout à fait finie. On se déchausse à l'entrée, et on se répartit les différentes pièces de la maison, pendant que Varlam file se cacher sous la table de la cuisine. Asia lui donne à manger dans une coupelle qu'elle dépose sur le lino, ce qui le fait sortir illico de sa tanière ; après quoi il vient de lui-même nous rejoindre, alors que nous discutons de la journée du lendemain dans l'une des chambres où nous avons pris nos quartiers. Il s'agira d'aller filmer un camp constitué de plusieurs baraques en bon état. Comme il est inaccessible par la route, nous nous y rendrons à l'arrière de motoneiges conduites par des chasseurs evenks. Ces derniers ont dit à Asia que le trajet prendrait à peine plus d'une heure. On se prépare donc à une épreuve de force, d'autant que pour être rentrés avant la nuit, il nous faut partir à l'aube. Varlam me rejoint sur le canapé et se frotte à moi en ronronnant.

– Regarde comme il chante ! s'exclame Asia. Maintenant, c'est sûr, il t'a adopté.

Le lendemain matin, nous découvrons notre équipage. Ce n'est pas du tout ce à quoi je m'attendais. Seulement deux motoneiges, et de grandes planches de bois fixées à l'arrière par un cordage, sur lesquelles on doit s'allonger en s'accrochant à ce qu'on peut jusqu'à notre destination. L'inconfort est total et le froid plus mordant que jamais. Les Evenks doivent avoir des ancêtres marseillais, car la traversée ne dure pas une heure, mais quatre ! En tout, il s'agit donc de huit heures de ce moyen de transport pour lequel l'adjectif « insoutenable » serait euphémistique. Au bout de 10 minutes, je n'en peux déjà plus. Mes mains sont gelées. Mes pieds sont gelés. Il suffit de fermer les yeux pour ne plus pouvoir les rouvrir ; les cils se mettent instantanément à geler et à coller. Et puis, rester allongé sur ce traîneau de fortune, qui se retourne et me fait tomber à la moindre aspérité, complique encore les choses. Mais il est trop tard pour renoncer, et je subis comme je peux les longues heures de traversée de ces lacs gelés, de ces forêts épaisses et de ces pentes raides que nous gravissons et descendons à fond la caisse.

Nos chauffeurs sont loin d'être rassurants. Ce sont des hommes frustes et taiseux, au visage indéchiffrable, la kalachnikov plantée à l'arrière du véhicule – « au cas où nous croiserions des ours », m'explique Asia, ce qui ne me rassure qu'à moitié. Sasha et Liocha ne nous ont pas accompagnés. Ils sont à la maison avec Varlam, à qui j'essaie de penser pendant ces longues heures de route, afin de me divertir de l'effort constant que je dois fournir pour rester agrippé à la planche, du froid terrible qui agresse mon visage (malgré ma cagoule) et chacun de mes membres, me demandant ce que je vais bien pouvoir faire de ce petit chat traumatisé. Une fois à Magadan, notre destination finale, la capitale de la Kolyma où nous avons prévu de rester quelques jours, il faudra que je trouve quelqu'un qui accepte de l'adopter.

Asia – à qui nous avons laissé la place du roi sur le siège arrière d'une des deux motoneiges –, bien plus forte et résistante, subit notre odyssée sans broncher. On pourrait même croire qu'elle y prend plaisir. Parfois, je me retourne en me tortillant pour l'observer, saisi par une vague pulsion meurtrière.

– Dans quoi tu nous as embarqués ! je hurle, les larmes aux yeux.

En vain. Mes paroles se perdent dans le bruit des moteurs.

Il est plus de midi quand nous parvenons au camp, ce qui veut dire que nous n'avons plus qu'une demi-heure pour les prises de vues. Car il faut compter avec les quatre heures de route du retour, et la nuit qui tombe à 15 heures comme un couperet. Quand les motoneiges s'immobilisent enfin, hors de moi, je saute sur mes pieds et crie sur Asia en la traitant de tous les noms. Elle encaisse sans broncher, ce qui me fait aussitôt culpabiliser. Elle a voulu bien faire. Les Evenks l'ont menée en bateau. Asia n'y est pour rien. Son stoïcisme est la meilleure riposte à mon agression. Je rejoins nos conducteurs qui ont allumé un poêle dans le baraquement le plus proche. Je ne sais pas s'il est d'époque, mais il le pourrait. Les Evenks ont l'habitude de s'en servir quand ils s'arrêtent ici dans le cours de leurs parties de chasse. Ce camp a été construit pour abriter les collaborateurs des nazis – Baltes, Ukrainiens, et Russes. Ces derniers travaillaient à l'abattage des arbres et à la fabrication du bois utilisé sur le chantier de construction de la route des ossements. Il se compose de cinq ou six cabanes entourées de barbelés. Des barbelés, il y en a encore aux fenêtres de ce qui servait de dortoir aux prisonniers. Si l'extérieur est demeuré identique à ce qu'il pouvait être après-guerre, l'intérieur, en revanche, est ravagé par la pourriture. Il n'y a plus rien, à part du bois chanci et disloqué en copeaux humides qui collent aux pieds ou volettent en halos dans l'air comme une bruine matinale.

On se réchauffe autour du poêle, on avale rapidement nos sandwiches et on se met au travail, enchaînant les prises de vues à l'arrache et au drone. Héroïquement, Laurent fait ce qu'il peut pour boucler un maximum de plans en 30 minutes, passant avec sa caméra d'une baraque à l'autre. L'heure trop rapidement venue de lâcher les caméras, nous nous rallongeons, la mort dans l'âme, sur les traîneaux accrochés à nos montures de métal qui démarrent sur les chapeaux de roues.

Le retour est pire que l'aller. En milieu d'après-midi, alors que le jour commence à décliner, on fait halte dans une clairière, en pleine forêt, pour se réchauffer dans une minuscule cabane. L'atmosphère y est opaque et glauque. La condensation provoquée par la respiration humaine, mélangée à la fumée des cigarettes qu'exhalent deux chasseurs attablés de part et d'autre d'une planche de bois, fait qu'on n'y voit pas grand-chose. Un homme, dont je devine la masse noire allongée de l'autre côté de la cabane, ronfle bruyamment. À peine avons nous eu le temps de retrouver l'usage de nos mains, non sans avoir échangé quelques phrases maladroites avec nos hôtes de passage, qu'il faut repartir. Pas le temps de traîner ; c'est une course contre la montre qui s'engage. Un bras de fer contre le crépuscule qui gagne un peu plus à chaque seconde. Les Evenks ont redoublé de vitesse, si bien que mon traîneau se retourne plusieurs fois en me laissant sur le carreau. Alors que le jour décline, que la température a encore chuté, j'entre dans un état catatonique. Je ne sens plus mes extrémités, je suis incapable de dire quoi que ce soit. La nuit est tombée quand nos véhicules s'arrêtent enfin devant la maison. Un immense soulagement. Sur la dernière ligne droite, j'ai bien cru que j'allais y rester.

14. Petit animal, grandes responsabilités

Asia adore les animaux. Cela date d'une enfance passée au contact de la nature, des chiens et chats. Son père, un scientifique ayant quitté le foyer conjugal peu après sa naissance, a rapidement coupé les ponts. Elle l'a très peu connu, et n'a gardé aucun contact avec lui. Sa mère, médecin, était accaparée par son travail, si bien qu'Asia aime raconter qu'elle a été élevée par Tchouk, le « chien rouge » – un caniche géant aux poils bouclés dont elle m'a montré des photos. Quand elle était petite, il la suivait partout, s'assurant qu'elle faisait ses devoirs et qu'elle se comportait convenablement. Sans quoi le chien montrait les crocs. Quand il est question d'animaux, Asia a souvent tendance à l'anthropomorphisme, mais il y a du vrai, certainement, dans le portrait qu'elle m'a dressé de cet animal caractériel qui fut pour elle un tuteur et un exemple, à défaut d'une figure paternelle.

Durant sa scolarité, ses camarades l'appelaient « la Brésilienne » à cause de sa touffe de cheveux noirs, de sa peau mate et d'une cambrure marquée.

Une incongruité, au milieu de ces petits Slaves à l'épiderme laiteux et aux cheveux clairs. Même si elle était douée, Asia a traversé des difficultés au cours de ses études secondaires. Son érudition, elle la doit en partie à des enseignants atypiques qui bravaient les directives officielles de l'Union soviétique, tels que son entraîneuse de basket-ball, un sport où Asia excellait et qui faillit la voir passer professionnelle. C'est cette enseignante qui lui fit découvrir Varlam Chalamov.

Une fois l'équivalent du bac en Russie obtenu, Asia s'est installée à Moscou pour suivre des études universitaires. Diplômée de l'École littéraire de Moscou, elle a été un temps journaliste, avant de s'exiler en France pour se consacrer à la recherche historique. Son premier master II (elle en a passé deux), consacré aux textes russes qui témoignent de la Shoah en Union soviétique – les exécutions de masses perpétrées par les *Einsatzgruppen* –, a été publiée en 2013 sous le titre *La Littérature des ravins.*

Nous discutons dans notre chambre de l'« hôtel » de Tomtor quand Asia porte le regard sur Varlam, assis sur son séant, les pattes de devant plantées bien droit sur le lino, qui nous observe de loin avec une inquiétude mêlée de curiosité – ainsi que de gloutonnerie, pensant certainement qu'on va l'inviter à se restaurer.

– Regarde ton chat, comme il est beau ! s'écrie Asia au bout d'un moment.

Pour la première fois, j'observe Varlam non comme une petite chose souffreteuse et traumatisée, mais pour ce qu'il est fondamentalement : un chat. Et, en effet, je me rends soudain compte de l'élégance de sa posture, de la mignonnerie de sa bouille ronde, de l'humanité saisissante qui filtre à travers ses immenses yeux ambre, de l'originalité de sa robe. De sa gueule bicolore – gris tigré tirant sur le fauve en haut ; blanc à partir de ses longues moustaches, jusqu'au plastron qui couvre sa poitrine – comme celle d'un renard. Ses petits chaussons au bout des pattes, blancs eux aussi. La queue courte, faites d'anneaux noirs et gris.

Ses poils continuent de tomber mais d'autres commencent à repousser. Les oreilles artificiellement rondes, encore ourlées de sang, cicatrisent à vue d'œil.

Après m'être mis au lit et avoir éteint les feux, je ne trouve pas le sommeil. Cette fois, c'est à cause de lui. La remarque d'Asia tourne en boucle dans ma tête. Elle a dit « *ton* chat ». Ce possessif me plonge dans les affres de l'inquiétude. Si Varlam est bien *mon* chat, il faudra que je le ramène à Paris, ce qui constituera une épreuve en soi. Mais c'est plutôt la suite qui m'inquiète. Sa fourrure vient soudain me chatouiller la joue, comme s'il avait deviné mon angoisse. Il fait un tour sur lui-même et s'allonge contre mon crâne. Je dois le reconnaître : mon mariage bat de l'aile. Quelque chose ne fonctionne pas entre nous. Le mois dernier, on était au bord de la rupture. J'ai dû dormir une nuit à l'hôtel, après quoi on a fait chambre à part quelque temps. On a fini par se rabibocher sans rien réparer. Quand je l'ai appelée de Moscou, on a trouvé le moyen de s'engueuler et de se raccrocher au nez.

J'en suis resté là, car depuis qu'on a quitté Iakoutsk, il n'y a plus de réseau.

J'imagine le pire : que ma femme me quitte en me laissant seul avec ce chat – une responsabilité dont je me passerais volontiers. *Quid* des départs sur un coup de tête en week-end ? Sans parler des mois de tournage et de montage, des festivals, des rencontres diverses par monts et par vaux… Déjà, ici, je m'inquiète de le savoir seul en train de pleurer dans la chambre où on l'a laissé. Je me projette, je me vois dans ma routine parisienne, saisi par un pincement au cœur au milieu d'une tablée d'amis, et puis pressé de rentrer chez moi pour ne pas le laisser seul plus longtemps. Chercher désespérément qui peut le garder quand je suis en déplacement… J'en ai des sueurs d'autant plus froides que l'avenir me donnera raison.

15. Tomtor

J'ai mis le mot « hôtel » entre guillemets, car c'est probablement l'endroit le plus absurde et insolite qu'on puisse imaginer. Le propriétaire, un pêcheur iakoute, également professeur de gymnastique à l'école du village, s'était mis en tête de faire fortune dans le tourisme. Cela dans la région la moins touristique du monde, et le village le moins accessible de la région : ainsi que j'ai déjà pu le mentionner, on n'y accède qu'en hiver, la crue des fleuves coupant Tomtor du reste de la Sibérie durant les mois d'été. L'ancien prof de gym avait construit de ses mains cette bâtisse de plain-pied ressemblant à un hangar de tôle et de bois, qui n'était pas complètement terminée, posée comme un cheveu sur la soupe en bordure du village. Nous étions ses premiers clients.

Sur la terrasse en bois précédant l'entrée, il y avait, accroché à un poteau, un gros thermomètre affichant crânement -50 °C. On entrait dans le bâtiment par une espèce de sas de décontamination où il fallait déposer les bagages et se déchausser avant de pénétrer dans une pièce au carrelage rutilant faisant office de salle commune et de cuisine, desservant quatre petites chambres. L'ensemble était propre et faisait bonne impression, même s'il ne fallait pas trop faire attention aux finitions – comme quand le robinet de la douche vous restait dans les mains.

Concernant Varlam, notre hôte fut mis devant le fait accompli, et il accueillit sa présence par un petit rire gêné, à la manière des Japonais qui ne savent pas dire non, même quand ils ne sont pas d'accord. Son épouse tirait la gueule avec davantage d'ostentation, mais, heureusement, elle ne nous demanda pas de le mettre à la porte. Elle exigea seulement qu'il ne quitte pas la chambre.

On a pris nos quartiers dans la bonne humeur, d'autant que nous comptions y passer deux nuits pour filmer les séquences au menu, et aussi nous reposer après des semaines de route harassantes. Pendant que l'équipe faisait les copies de secours des tournages du jour dans la pièce centrale, Asia et moi, qui partagions une chambre, donnions à manger à Varlam. Demeuré seul dans la chambre avec lui alors que ma colocataire prenait sa douche, j'essayai en vain d'attirer son attention en agitant une chaussette sous son museau dans l'espoir de le tirer de sa léthargie et de le faire jouer comme les chats savent le faire. Devant cette chaussette hystérique, Varlam demeurait de marbre, aussi apathique que d'habitude, en m'interrogeant de temps à autre d'un regard perplexe. À l'évidence, il ne comprenait pas où je voulais en venir.

Jouxtant la terrasse, l'hôtelier avait construit un *bania* dans une baraque en bois où, une fois bouclés nos devoirs du soir, nous nous sommes précipités. Le *bania* est la version russe du sauna ou du hammam. Mais, contrairement au sauna, il y a tout un rituel et plusieurs étapes plus ou moins agréables à suivre. D'abord, le bain de vapeur pris en charge par notre hôte qui arrose d'eau les pierres brûlantes amoncelées dans une bassine. En quelques minutes, la chaleur devient étouffante et la vapeur d'eau irrespirable. Si bien que je déclare forfait au bout d'un quart d'heure, laissant Louis et Laurent poursuivre leur expérience initiatique. Et ils vont jusqu'au bout : après le bain de vapeur, l'hôtelier iakoute revient chargé de branchages pour fouetter gentiment les corps ruisselants de mon chef opérateur et de son assistant. J'entends de petits cris de douleur s'échapper de la cabine. Après quoi, dernière étape de la séance de torture, ils sortent de la cabane et courent nus comme des fous dans le froid polaire (la nuit est tombée depuis longtemps et il fait maintenant près de -60 °C) pour se rouler dans la neige. Cette fois, malgré leur stoïcisme apparent que je devine légèrement surjoué, Laurent et Louis ne résistent pas à lâcher des hurlements. Ils rentrent à l'intérieur la peau rougeoyante.

– Ça fait du bien ! s'écrie Laurent.

J'ai, pour ma part un sérieux doute sur la question. Asia nous a rejoints et on s'installe dans « l'espace détente » de la cabane où le tenancier nous sert des verres de vodka, histoire de faire passer la pilule aux plus téméraires de nos équipiers. En général, je déteste l'alcool, mais j'ai une tendresse particulière pour la vodka, probablement en raison de mes origines polonaises. Pour que je puisse l'avaler, il faut qu'elle soit glacée, ce qui, vu l'environnement, ne pose pas problème ; il suffit pour cela de déposer la bouteille quelques minutes à l'extérieur.

Le soir, on s'attable tous dans le séjour du petit hôtel. Notre hôte a décidé de nous initier au mets le plus prisé de la région : des poissons givrés qui ne nécessitent aucune préparation préalable (ils ressemblent à de longues sardines), et qu'il a lui-même pêchés durant la journée. Même principe que la vodka : il suffit de les sortir de l'eau pour qu'ils givrent instantanément à l'air libre. Tout l'art consiste à les découper en fines lamelles à l'aide d'un couteau forgé à cet effet (autre spécialité de la Iakoutie) et terriblement aiguisé, les tremper dans du sel, et les consommer sans autre fioriture qu'un verre d'alcool. À ma grande surprise, c'est délicieux.

Alors que nous nous régalons, on entend derrière nous, de l'autre côté de la porte de la chambre que je partage avec Asia, les pleurs aigus de Varlam. L'épouse de l'hôtelier fronce les sourcils avant de lâcher un soupir et de repartir en traînant les pieds derrière le bar. J'attrape discrètement une lamelle de poisson et je pousse la porte de la chambre. Varlam a la queue dressée comme un piquet. Il me fixe de ses yeux ronds en entrouvrant la gueule pour en faire sortir un gémissement plaintif. Je découpe la lamelle en petits morceaux que je pose devant lui.

Il se jette dessus et les dévore goulûment. Quand je reviens m'asseoir, la discussion bat son plein. Installé entre Liocha et moi, l'hôtelier acquiesce en silence aux déclarations de Sasha. Ce dernier dresse un bilan catastrophique de la situation économique en Iakoutie. Poutine en prend pour son grade :

– Il a complètement fermé le pays. À cause de son attitude, qui consiste à dresser le monde entier contre nous, on manque de tout, et on ne peut plus voyager. Ce bras de fer permanent, c'est nous qui en payons les frais ! Les revenus du tourisme, qui n'étaient déjà pas bien élevés, ont chuté de 30 % depuis les sanctions économiques. Avant, il y avait des Américains qui venaient visiter la région… Résultat, on ne les a plus vus depuis des années, et la Iakoutie n'a jamais été aussi pauvre qu'aujourd'hui.

Liocha, un Iakoute d'adoption, puisque sa famille est originaire d'Allemagne, abonde, tout comme l'hôtelier, dans son sens.

– Vous ne pouvez pas protester ? Faire valoir vos droits ? je demande.

Sasha et l'hôtelier échangent un sourire amer.

– Comment le pourrions-nous ? Nous sommes si peu nombreux, éparpillés sur cet immense territoire… Quand quelqu'un essaye d'organiser une manifestation, à cause de la distance qui nous sépare les uns des autres, et du froid terrible qu'il fait ici, au bout d'une demi-heure, nous ne sommes plus que trois !

Ils éclatent de rire.

– C'était mieux du temps de l'URSS ?

– Bien mieux, oui ! À l'époque, Moscou investissait dans le développement de territoires déshérités tels que le nôtre. Il y avait des industries, des travaux d'infrastructure, de l'activité et des emplois. Depuis la disparition de l'Union soviétique, le gaz et les hydrocarbures ont été privatisés. Les investissements et le développement sont au point mort. On ne peut plus compter que sur nous-mêmes. Et sur les ressources de notre nature.

16. Le musée des écrivains du Goulag

Entourée de palissades, cette bourgade du bout du monde était composée de maisonnettes traditionnelles, avec sa rue principale desservant des commerces basiques – une boulangerie, une épicerie, un mini-bazar avec un peu de tout –, et quelques travées encadrées d'habitations pauvres mais dignes, débouchant sur de vastes plaines où des chevaux à poil long, à peine plus grands que des poneys Shetland, creusaient la poudreuse de leurs sabots pour y dénicher les quelques brins d'herbe gelés qui se trouvaient à deux ou trois mètres en dessous. Tomtor me paraissait avoir la forme d'un cercle, à l'instar de notre célèbre village gaulois d'Armorique, sauf qu'il ne s'agissait pas ici de résister à l'envahisseur romain mais au général Hiver.

Je ne saurais dire ce qui rendait le village si sympathique. De toute évidence, ce n'était pas ses habitants (pourtant près d'un millier, à ce qu'il paraît) : nous n'en avons pas croisé. Ils demeuraient calfeutrés chez eux autour d'un feu ou d'un poêle, la fumée blanche s'échappant des cheminées étant le seul témoignage de leur présence. C'était plutôt ces grands chiens-loups qui avaient pris possession du village et qui jouaient gaiement à la lutte ou à la course dans ses rues désertes. De tels canidés auraient pu paraître intimidants, voire effrayants, s'ils n'avaient pas été aussi gais et affectueux. Les voir accourir joyeusement vers vous en agitant la queue, vous sauter dessus pour vous lécher le visage, ou s'allonger sur le dos dans la neige pour que vous leur grattiez le ventre ne pouvait manquer de vous mettre de bonne humeur. Ces énormes boules de poils, apparemment insensibles au froid et aimant passionnément les humains, n'en sont pas moins des animaux sauvages. Au cours des longs mois d'hiver, ils débarquent dans les villages par hordes entières, recherchant la compagnie des hommes qui, en retour, leur jettent des restes et du pain rassis. Quand vient la fonte des neiges, ils disparaissent comme ils sont venus, partant à l'assaut de la taïga pour de longues parties de chasse avant de revenir l'hiver suivant remplir de leur enthousiasme et de leur déroutante joie de vivre les hameaux et les villages fantomatiques de l'Oïmiakon.

L'école de Tomtor, une longue bâtisse de bois recouverte de tôle peinte en bleu et vert, est une institution locale. Elle existe depuis cent dix ans, et affiche un taux de réussite ahurissant. Nous y débarquons en milieu de matinée – un 23 février, jour férié qui célèbre la naissance de l'Armée rouge. Les sols et les salles de classe vides indiquent que l'école est impeccablement tenue – exception faite des sanitaires : des planches trouées en leur milieu débordant d'excréments. On se présente à l'accueil, et Maria Boyarova, une petite femme d'une soixantaine d'années élégamment vêtue, les yeux très bridés, cheveux courts et teinture aux reflets roux, vient nous accueillir. Après les salamalecs d'usage en russe, elle nous entraîne à l'autre bout du couloir, dans son « musée des écrivains du Goulag ». Je n'en connais pas la moitié. Des lettres manuscrites, des objets divers, des ouvrages en plusieurs éditions sont exposés dans des vitrines, ainsi que sur la table longue qui occupe la quasi-totalité de la pièce.

– Mon musée est dédié aux écrivains victimes des répressions. C'est grâce à eux si nous pouvons connaître la vérité sur ce qu'il s'est passé. La majorité des prisonniers étaient des intellectuels qui nous ont transmis un véritable patrimoine.

Dans le musée de Maria Boyarova, Chalamov se taille la part du roi. On y trouve quantité d'éditions différentes de ses poèmes et de ses nouvelles, ainsi que des portraits photographiques. Dans la région, et tout particulièrement à Tomtor, Chalamov est une vedette. La bourgade fait partie intégrante de son œuvre.

– À cette époque, Varlam Chalamov habitait à Pronassala, mais il a aussi vécu à Kubume, et un temps chez nous également, à Tomtor. Il avait noué des amitiés avec les habitants, il a consacré des vers à notre école, à notre bureau de poste, à nos chevaux, à notre nature. Ici, il a écrit son *Cahier bleu*.

– C'est la raison pour laquelle il occupe une place si importante au sein de votre musée ? je demande.

– Bien sûr ! Mais aussi parce que Chalamov est celui qui a le mieux décrit les camps de la Kolyma – les camps du Nord. La région d'Oïmiakon a été pour lui une puissante source d'inspiration. Il y a notamment ce poème qui s'appelle « Oïmiakon – pôle du Nord ». Déjà, à l'époque, il savait que c'était l'endroit le plus froid de la planète. Les poèmes qu'il lui a consacrés sont bouleversants…

Pour en donner la preuve, Maria Boyarova nous entraîne dans une salle de classe où nous attendent cinq élèves endimanchés, cravatés de noir et vêtus de costumes sombres sur des chemises blanches. Ils se tiennent très droits et bien en ligne sur l'estrade, le long du tableau noir. Ils ont entre 16 et 17 ans, des têtes d'enfants sages, un peu intellos. Leurs yeux sont bridés, mais leurs cheveux vont du noir corbeau au châtain clair. On devine le sang slave mâtiné d'evenk qui coule dans leurs veines. À peine nous sommes-nous assis face à eux, derrière des tables d'écoliers, qu'ils se mettent, à tour de rôle, à déclamer en russe les vers de Chalamov :

« *Cent fois que je vais à la poste*
Pour aller chercher ta lettre
À présent la nuit je ne dors
Plus, je ne vis plus le jour.

Je crois, je crois à tous les signes,
Aux songes comme aux araignées,
Je crois aux skis, je crois en été
Aux barques étroites qui filent.

Je crois aux vrombissements des automobiles,
À leurs orageux diesels
Aux colombes messagères,
Aux mâts des navires.

Je crois aux sifflets des vapeurs,
Je crois aux trains,
Même à l'été
Je crois parfois.

Je crois dans les traîneaux à rennes,
Dans la boussole du voyageur
Près de ses cartes engivrées
Et dans la désolation de l'heure

Dans les caillantes kibitkas
Et dans les chiens d'attelage,
Aux escargots et leur sang-froid
À l'indolence des tortues

Je crois comme par enchantement,
Au sang qui se glace,
Je crois aussi à la patience
Et à ton amour.

Longtemps j'ai cassé des pierres
Pas avec un ïambe en courroux mais une rivelaine,
Je vivais, compagnon de l'infamie et du crime
Et de l'éternelle fête de la vérité.

Non pas comme l'âme dans sa lyre chère,
Je m'enfuirai par mon corps en pourrissement
Dans un logement sans feu,
Sur la neige brûlante.

Et sur ce corps immortel
Que l'hiver a pris dans ces bras,
La tempête de neige se déchaîne
Devenue folle déjà.

Une hystérique de village
Qui n'arrive pas à se comprendre,
Ici on enterre d'abord l'âme,
Le corps est sous surveillance.

Et ma vieille compagne
Ne respecte pas mon cadavre,
Elle chante et danse, rafale
Froide, danse et chante sans fin. »

Après ce spectacle étonnant débité en russe, nous retournons au petit musée en compagnie de Maria Boyarova. Elle qui fut enseignante ici, bien que retraitée, dirige un atelier d'écriture consacré aux écrivains du Goulag et destiné aux élèves qui le souhaitent. Pendant que l'équipe et moi sommes affairés à filmer le local sous toutes ses coutures, elle raconte en aparté à Asia l'événement qui a chamboulé sa vie : pour je ne sais quelle raison, on avait remis au père de Maria Boyarova, un Iakoute de condition modeste, une médaille frappée du portrait de Staline. C'était il y a longtemps, à une époque où le despote était encore de ce monde. Alors que le père de Maria marchait en compagnie d'un ami, tout en observant la décoration, il eut cette phrase aux conséquences désastreuses : « J'aurais préféré de la nourriture pour mes enfants plutôt que cette médaille. » Il n'en fallait pas davantage pour qu'il soit dénoncé par cet ami, accusé de trotskisme, et déporté dans un camp.

– J'avais 4 ans quand mon père a été arrêté en pleine nuit. Ils ont perquisitionné la maison, après quoi on l'a conduit dans un hangar. Je connaissais les gens qui l'ont emmené, ils étaient du coin. Je pleurais. Je les ai suppliés de me laisser le voir. Je ne pouvais pas m'arrêter de pleurer, si bien qu'ils ont fini par accepter de me conduire auprès de lui. Comme tout ça avait lieu pendant la nuit, j'ai emporté mon oreiller avec moi. J'ai pu passer une dernière nuit avec mon père. Quand on l'a envoyé dans le camp, il a emporté l'oreiller avec lui. Puis il a disparu. Je ne l'ai revu que sept and plus tard, après sa libération. Et quand il est rentré, j'ai eu la surprise de voir qu'il tenait encore l'oreiller que je lui avais donné. Cela m'a tellement touchée que j'en parle encore avec émotion…

Sous le verre de la grande table centrale, je m'arrête sur des lettres manuscrites. On y reconnaît l'écriture de Chalamov. Je demande des précisions à notre hôtesse :

– Où qu'il fût, Varlam Chalamov revenait toujours à Tomtor, car il y avait ici le seul bureau de poste de la région. La poste était son endroit favori. « Mon cher, très cher bureau de poste… », « Pour la centième fois, je vais à la poste… », écrit-il. La poste, c'était pour lui la seule fenêtre sur le monde extérieur. Il y recevait des lettres de son aimée, mais aussi de son ami Boris Pasternak, qui a reçu le prix Nobel pour *Docteur Jivago*. J'ajoute que Chalamov, à qui Pasternak avait envoyé le manuscrit de *Docteur Jivago*, fut sans doute son premier lecteur. Ce que vous voyez là, ce sont les lettres que Chalamov lui a adressées alors.

Cher Boris Léonidovitch,
Votre merveilleuse lettre de cet été m'est parvenue il y a seulement une semaine. J'ai fait 1 500 km pour aller la chercher par un froid de -50° et ne suis rentré chez moi qu'avant-hier soir.

Kubume, 24 décembre 1952

Cher Boris Léonidovitch,
J'ai lu votre roman. Jamais je n'aurais cru, jamais je n'aurais pu imaginer, même dans mes rêves les plus fous de ces quinze dernières années, que je lirais votre roman manuscrit, encore inachevé, inédit et, qui plus est, envoyé par vous personnellement. Il y a deux mois à peine, étranger à tout ce qui m'entourait, égaré dans l'hiver – un hiver indifférent aux hommes occupés à lui voler, avec leurs poêles, des îlots de chaleur, dans leur petite izba perdue au milieu de cailloux et d'une forêt implacable – étranger parmi les étrangers, des ivrognes qui se moquent de la vie, comme de la mort, j'essayais timidement

ou avec désespoir, d'échapper à la violence de ce monde qui écrase l'âme et la corrompt, un monde auquel je ne suis toujours pas habitué au bout de dix-sept ans.

Chalamov à Pasternak, Ozerki, 20 décembre 1953.

– Où était-il, ce bureau de poste ?

– À une centaine de mètres de notre école. Varlam Chalamov utilisait différents moyens de transport pour s'y rendre. La plupart du temps, c'était à pied, ce qui, depuis Kubume, pouvait prendre une à deux journées. Venez, je vais vous montrer.

Le chien de l'hôtel nous attend devant l'école. Différent des autres, ce bâtard proche du border collie nous accompagne partout depuis que nous avons posé le pied à Tomtor. Il a même, en bon chien de berger, rassemblé les petits chevaux à poils longs éparpillés dans la plaine enneigée pour qu'on puisse les filmer.

Comme s'il avait deviné où nous allions, c'est lui qui nous conduit là où se trouvait le bureau de poste. Ce dernier a disparu depuis longtemps. Collée à son emplacement, il y a une bicoque de bois pourri, abandonnée depuis des lustres, qui, paraît-il, est en tout point similaire au bureau de poste de Chalamov. En fin de compte, cela ne présente que peu d'intérêt. C'est un autre bâtiment, tout au bout de la rue, qui attire notre attention. Un édifice bizarre, quoique fait d'un bois tout aussi décati que le prétendu bureau de poste. Imposant sans être disproportionné, son large toit triangulaire est surplombé d'une excroissance cubique hérissée de longues antennes. La tour de contrôle d'un aéroport. Les pistes sont enterrées sous la neige, et nous ne pouvons que deviner leur emplacement. L'aéroport lui-même semble dater de Mathusalem, ce qui est plus ou moins le cas puisqu'il a été construit pendant la Seconde Guerre mondiale, dans le cadre des accords du prêt-bail pour réceptionner les caisses de matériel et les avions fournis par les Anglo-Américains à l'URSS. Car, après l'attaque de Pearl Arbor, quand les États-Unis ont déclaré la guerre aux forces de l'Axe, Roosevelt et ses alliés n'ont eu d'autre choix que d'aider matériellement et militairement l'Union soviétique qui faisait front contre l'invasion allemande.

– C'est ainsi qu'en 1942, nous dit Maria Boyarova, l'aéroport de Tomtor est devenu une base-étape. Ce sont des prisonniers et des locaux qui l'ont construit en seulement trois mois. Environ 8 000 avions militaires y ont été livrés. Sans eux, nous n'aurions pas pu vaincre l'Allemagne nazie.

Sur cet aéroport, dont on apprend qu'il fonctionne encore durant certains étés, atterrit, au printemps 1944, Henry Wallace, le vice-président américain. Après être passé par Iakoutsk et Magadan, il était venu jusqu'ici soutenir l'effort de guerre soviétique. Sur les archives, avec sa gueule d'acteur de westerns et sa démarche de paysan du Midwest, on le voit, tout sourire, guidé par ses hôtes soviétiques (en particulier Sergo Goglidzé, l'un des pires tortionnaires du Goulag, que Wallace trouve « très gentil et si compréhensif avec tout le monde »), découvrir les cultures locales, taper le cul des vaches, et complimenter ses accompagnateurs sur la qualité des tomates et des choux-fleurs. En tant qu'ancien ingénieur agronome, Wallace s'y connaissait en fruits et légumes, et il tenait visiblement à le faire savoir. Bien sûr, l'Américain ignorait que les fermes visitées dépendaient des camps spéciaux du Goulag, qui quadrillaient la Kolyma. Afin de masquer les signes apparents de la répression, les détenus les plus vaillants réquisitionnés pour l'occasion avaient été grimés en paysans kolkhoziens sur ordre de Staline. Wallace n'y a vu que du feu.

17. L'accident

Nous quittons Tomtor pour rebrousser chemin en direction de Kubume que nous atteindrons le jour suivant. Entre-temps, nous ferons escale pour la nuit à Oust-Nera, située à neuf heures de route plus au nord.

Au détour d'un virage, nous croisons des Evenks convoyant un troupeau de rennes. On s'arrête pour les laisser traverser. Louis tente discrètement de les photographier. Dès qu'ils aperçoivent l'appareil, les Evenks se cachent le visage. Nous leur demandons s'il est possible de les filmer dans leurs activités pastorales. Ils répondent que seule la cheffe du clan peut l'autoriser. Qu'à cela ne tienne, nous récupérons son numéro de portable, et l'appelons immédiatement. Après une brève discussion, la cheffe, revêche et plutôt dure en affaires, pose ses conditions : elle n'autorise qu'une seule personne à pénétrer dans le campement – ce sera Laurent, notre chef opérateur –, et réclame, pour seulement trente minutes de filmage, une somme exorbitante. Je négocie directement avec elle pour faire baisser le coût de l'opération. On finit par trouver un terrain d'entente. Laurent est envoyé dans le campement installé dans une clairière de la forêt toute proche. On lui assigne un endroit en bordure de l'enclos où sont rassemblés une centaine de rennes, avec interdiction d'en bouger. Afin de contourner ces multiples prescriptions, Louis, demeuré caché dans la forêt, pilote le drone pour capter des prises de vues aériennes et clandestines. Ce seront des séquences spectaculaires sur lesquelles on voit des chasseurs rabattre le troupeau dans l'enclos qui, tel un banc de poissons, se met à galoper en exécutant des mouvements de groupe parfaitement circulaires, à la stupéfiante beauté graphique. De son côté, Laurent (il n'a pas été autorisé à filmer les visages, mais parvient tout de même à en voler quelques-uns), installé avec sa caméra derrière la barricade de l'enclos, saisit *in extenso* une séquence au cours de laquelle deux Evenks attrapent un renne au lasso avant de le mettre à terre pour le maintenir au sol à la seule force des bras, et couper à la scie le bois droit sortant du crâne de l'animal. La bête est destinée à un attelage, raison pour laquelle on doit scier l'un de ses bois. Il se tiendra à côté d'un congénère auquel on aura coupé le bois opposé.

Le mode de vie spartiate de la tribu, par ces températures extrêmes, ne cesse de nous impressionner.

– Ils ont l'air pauvres, commente Sasha, mais ne vous y fiez pas ! Le mode de vie qu'ils ont adopté est un choix, une mise à l'écart volontaire de la civilisation qu'ils méprisent et avec laquelle ils refusent tout contact. En réalité, les rennes et leurs activités génèrent beaucoup d'argent que les Evenks investissent dans l'immobilier, à Iakoutsk. Malgré leur dénuement apparent, chacun de leurs clans est assis sur un gros paquet de pognon !

On arrive tard à Oust-Nera, une cité-dortoir créée pour extraire l'or des mines qui l'entourent. C'en est fini des baraques de bois, des ambiances bucoliques de l'Oïmiakon profond. Ici, ce ne sont que barres d'habitations décaties et installations minières, fonderies, assemblages divers de tuyaux rouillés et curieusement enchevêtrés, surmontés de cheminées crachant une fumée noire, qui ressemblent aux illustrations d'Enki Bilal. Un curieux mélange d'archaïsme des années 1950 et de futurisme déglingué à la *Blade runner.*

Les visages aussi ont changé. Soudain, les yeux ne sont plus bridés (la frontière avec la Kolyma est toute proche) ; à Oust-Nera, il n'y a que des Russes. Dans un bistrot des faubourgs, on dîne tant bien que mal au milieu d'une fête de mariage. La sono crache des tubes des années 1980 ; les mariés et leurs familles dansent autour de nous avec un enthousiasme d'autant plus débridé qu'il est copieusement arrosé d'alcool. On ne s'attarde pas. On passera la nuit dans l'appartement d'une résidence peu engageante. Nuit qui sera blanche : une dizaine de jeunes fument des joints et boivent de la vodka, riant et parlant fort en écoutant du rock sur le palier, jusque tard dans la nuit. Les murs sont si minces que c'est comme s'ils festoyaient dans la chambre. Comment leur en vouloir ?

Pas facile d'être jeune à Oust-Nera un samedi soir. La vie culturelle et festive y semble limitée.

Au lever du soleil, engourdis et vaseux, on charge les bagages dans les 4 × 4. Le dernier paquet à acheminer jusqu'à la voiture s'appelle Varlam.

Depuis près de 15 jours qu'on se le trimballe, le petit chat a appris la musique. Il ne se fait plus prier quand je lui mets la main dessus pour le caler contre mon ventre, entre mes pulls et mes trois doudounes superposées. Dire qu'il a trouvé ses marques au sein de l'équipe serait exagéré, mais il fait partie du voyage. Son caractère apathique ne s'est pas fondamentalement amélioré. Il y a néanmoins de petites évolutions. Le chat ne s'égaye vraiment que devant la nourriture qu'on lui donne, ou quand on s'installe le soir dans notre logis provisoire. Pas d'amélioration du côté urinaire. Il fait n'importe où quand ça lui prend. Sur les bagages, lorsqu'il s'éclipse discrètement pour visiter le coffre, sur les bottes de feutrine que nous avons achetées à Tomtor – bien plus efficaces et meilleur marché que les *boots* « grand froid » *made in Canada* –, et, bien sûr, dans chacun des appartements que nous occupons (au grand dam des propriétaires que nous évitons de croiser avant de vider les lieux au petit matin). Il refuse maintenant, après des débuts prometteurs, d'uriner dans le carton jonché de bouts de papier. Il ne comprend pas pourquoi Asia l'engueule à cause de ça. Ma co-auteure s'est alors démenée pour lui obtenir une vraie litière. Ça n'a l'air de rien, mais cette question est devenue prioritaire. Comme il est impossible de s'en procurer ici, Sasha a contacté un camarade qui conduit un bus de touristes étrangers à travers la région. On lui a fait acheter un sac à litière à Iakoutsk, et après plusieurs jours de tractations et de rendez-vous manqués, nous parvenons à croiser le bus et à réceptionner le précieux colis. L'échange (un billet contre le sac de litière), qui a lieu sur la route déserte, en plein néant, nous évoque un échange d'otages durant la guerre froide.

De retour à Kubume, le carrefour le plus froid du monde, nous nous restaurons dans le cube de tôle plein de mamas iakoutes et de boulettes de viandes, puis nous quittons la route du gel pour reprendre celle des ossements, cette fois vers Magadan où s'achèvera notre road trip. Nous n'y sommes pas encore. Prochaine étape : Iagodnoïe, dans l'oblast de Magadan, où nous avons programmé un entretien filmé. Reste cinq heures pour y parvenir.

On croise des panneaux de signalisation en bois posés par les Zeks, des ponts construits par les Zeks, des baraquements de Zeks, et les miradors pour les garder. On s'arrête de temps à autre pour des prises de vues rapides. On ne tarde pas à comprendre que sur ce tronçon, la *trassa* est plus dangereuse que jamais. La piste gelée qui s'enroule au flanc des montagnes longe de dangereux abîmes. Sur la crête d'un ravin, je jette un œil en contrebas. J'y aperçois un nombre impressionnant de voitures plantées comme des piquets à la verticale, les phares dans la poudreuse. Ces véhicules ont dû déraper et quitter la route pour atterrir là. Si leurs conducteurs ont survécu à l'accident, que leur est-il arrivé ensuite ? Personne ou presque ne circule ici, où aucun appel téléphonique n'est possible. Pas de réseau. Les secours ont-ils pu leur venir en aide ? Chaque année, cette route fait des dizaines de morts. Par accident, ou pour toutes sortes de raisons – qui sont légion.

Si l'intégration de Varlam à l'équipe est mitigée, il a noué une vraie relation avec Liocha, notre chauffeur d'origine allemande. Contrairement à Sasha qui est allergique aux chats et semble indifférent aux animaux (un comble pour cet ancien vétérinaire !), Liocha ne cache pas son affection pour Varlam. Alors qu'il tient le volant en essayant de conduire le plus prudemment possible, le chat vient régulièrement s'installer sur ses genoux, et Liocha lui prodigue alors quelques caresses. Ce jour-là, Varlam est allongé de tout son long sur les buses du chauffage de la plage avant du véhicule. Il y dort profondément et bien au chaud quand notre 4 × 4 fait soudain une embardée.

Devant nous, un convoi de trois poids lourds roule au pas depuis un bon moment. Pris en sandwich entre deux mastodontes et déjà en retard sur l'horaire prévu, Liocha a beau leur faire des appels de phares, ils nous ignorent. Ou ne font en tout cas aucun effort pour se laisser doubler. Comme nous ne pouvons pas continuer à rouler à deux à l'heure, coincés entre leurs pare-chocs, Liocha, profitant d'un espace qui s'est dégagé à gauche, essaie de dépasser le camion de tête qui se rabat soudain sur nous en expédiant notre voiture dans le fossé. L'accident est si violent que Varlam est éjecté du tableau de bord pour venir s'aplatir au milieu du pare-brise, les quatre fers en avant, comme dans un Tex Avery. Nous voilà enlisés, heureusement indemnes, entre la route et le flanc de la montagne. De l'autre côté, on aurait rejoint le cimetière de voitures au fond du ravin.

Le 4 × 4 conduit par Sasha est équipé d'un système de treuillage électrique à l'avant du véhicule. Sasha essaie de sortir la voiture du fossé en la tractant en marche arrière, pied au plancher. La danse effectuée par son véhicule, faite de glissades latérales sur la chaussée verglacée, au milieu d'un nuage de fumée blanche et du brouhaha du moteur poussé au maximum, est impressionnante mais parfaitement inutile. Sautillant pour conjurer le froid, toute l'équipe attend dehors pour ne pas ajouter à la charge du véhicule enlisé. Seuls Varlam et Liocha sont restés à l'intérieur. Au bout d'une demi-heure, Sasha jette l'éponge. On se met alors à attendre le passage d'un véhicule. Comme il n'y en a pas en vue et que le jour décline, mes cheveux commencent à se dresser sur la tête. Sasha et Liocha, eux, ne cessent de plaisanter et de blaguer. J'aurais pu les haïr pour leur désinvolture. C'est tout le contraire : qu'ils ne dramatisent pas la situation montre qu'ils ont connu pire et qu'ils sont certains de nous sortir de là. Après avoir attendu longtemps le passage d'une voiture ou d'un camion qui ne s'est jamais présenté, Sasha réédite sa tentative d'extraction au treuillage et, cette fois, sous nos applaudissements, réussit à sortir le véhicule du trou. Soulagés, nous remontons en voiture et reprenons la route aussi vite qu'elle le permet, laissant derrière nous la sauvage région d'Oïmiakon pour pénétrer dans la Kolyma.

18. Le plombier de Iagodnoïe

« Le Goulag était un empire dans l'empire. Il faut comprendre que son idée phare, c'était de coloniser les espaces non habitables. Ici, auparavant, il n'y avait que des Evenks, qui n'avaient jamais été en contact avec la civilisation et qui étaient particulièrement hostiles aux étrangers. Quand, à la fin des années 1920, les géologues envoyés par Staline ont découvert une quantité d'or facilement extractible, qui représentait 25 % des ressources mondiales, le gouvernement soviétique a pris la décision d'expédier les Zeks dans la Kolyma pour y travailler. Les droits-communs étaient majoritaires. Les politiques représentaient un quart du total des prisonniers. »

Ivan Panikarov est une star de la mémoire du Goulag. Il apparaît dans le film-fleuve de Iossif Pasternak consacré à l'archipel des camps spéciaux, et dans les livres de l'historien Nicolas Werth. C'est aussi un ami personnel de Luba Jurgenson, historienne et traductrice en France de l'œuvre de Varlam Chalamov.

Il nous reçoit dans son petit appartement au rez-de-chaussée d'un horrible lotissement HLM installé au milieu d'une friche industrielle. Deux immeubles, au bout de la résidence, sont de gros squelettes de béton aux orifices (fenêtres et portes jamais posées) ouverts aux quatre vents. Pour une raison ou pour une autre, les travaux se sont interrompus au milieu des années 1970, et n'ont jamais repris. Face à l'immeuble de Panikarov, dans le parking à ciel ouvert où nous avons garé nos voitures, sont stationnés quelques KamAZ sans âge aux toits chargés d'une couche de neige d'environ deux mètres et, plus loin, une usine dans le style d'Oust-Nera, crachant un filet de fumée noire. Le tout baigne dans un ciel bas et gris. Un décor en harmonie avec l'accueil que nous réserve Panikarov. L'historien amateur ne s'embarrasse guère de civilités : il réclame d'entrée la somme qu'il a demandée pour l'entretien (qui servira, précise-t-il, à faire vivre son association), ainsi que nos passeports dont il fait aussitôt des copies sur son scanner pour pouvoir nous attaquer en justice si le montage de l'entretien ne se révélait pas conforme à nos engagements. Voilà qui met à l'aise ! L'atmosphère se détendra au cours de la matinée, sans être pour autant chaleureuse.

Après avoir traversé un étroit couloir aux rangements bourrés de dossiers qui débordent de partout, Panikarov nous introduit dans son salon. Y sont exposées des peintures de propagande à la gloire de Staline et des dignitaires de la révolution bolchevique, des articles de journaux et des objets naguère utilisés par les Zeks – clous, paire de godillots, faucilles, etc.

Un classique, auquel nous avons fini par nous habituer. À croire que tous les Russes qui se sont emparés de ce bout sanglant de la mémoire soviétique finissent inéluctablement par transformer leur logement en salle d'exposition. N'importe qui, d'ailleurs, peut visiter s'il le souhaite l'appartement-musée de Panikarov. Mais, comme à Tiolply Clutch, l'affluence n'est pas au rendez-vous ; ses visiteurs annuels se comptent sur les doigts de la main.

Avec son embonpoint, sa carrure de rugbyman et ses grosses moustaches blanches, Panikarov a davantage l'allure d'un « plombier polonais », tel qu'on l'imaginait après la signature du traité de Lisbonne, que d'un spécialiste mondialement reconnu de l'histoire du Goulag. Ce *self-made-man,* qui fut effectivement plombier-chauffagiste au cours d'une première vie, n'a jamais quitté sa condition de prolétaire. Son itinéraire est à ce titre aussi édifiant que singulier. Âgé d'une soixantaine d'années, Ivan Panikarov n'a aucun lien biographique avec le Goulag, ni même avec la Sibérie. Originaire du sud de la Russie, il s'est installé ici en 1981 pour bénéficier des avantages salariaux accordés aux migrants de l'intérieur. À l'époque, il était encore ouvrier, et partageait sa chambre, dans l'un de ces appartements communautaires de l'ère soviétique, avec un ancien Zek.

– Un homme taiseux, qui ne se racontait pas facilement. Il faut dire que c'était avant la *glasnost*, cette période de libre expression qui a accompagné la *perestroïka* sous Gorbatchev. Le Goulag était encore tabou ; les gens avaient peur de la répression et ils gardaient leur langue dans leur poche.

Le soir, les deux hommes apprennent à se connaître. La vodka aidant, un lien de confiance se noue entre eux. Jusqu'à ce que l'ancien Zek confie à son voisin de chambrée l'enfer qu'il a vécu au goulag. Cette histoire, dont Panikarov ignorait tout, le captive. En 1985, quand débute la *glasnost*, il commence à s'intéresser à l'histoire des camps de la Kolyma et à faire des recherches dans la région. Les langues se sont déliées, on débat même du Goulag au niveau national. Après avoir engrangé des connaissances, Panikarov rédige ses premiers articles sur le sujet dans les bulletins régionaux. Profitant de sa nouvelle position de journaliste, il passe des annonces dans les publications où il écrit pour retrouver d'anciens détenus, puis dans des journaux à plus large audience. Il obtiendra près de 20000 réponses. Pour financer ses recherches, Panikarov bénéficie du soutien de la Fondation Soros, du nom du célèbre milliardaire et philanthrope américain, dont la vocation est de promouvoir la liberté d'expression partout dans le monde. Grâce aux témoignages qu'il passe des années à recueillir, compiler, archiver, l'ancien ouvrier parvient à localiser les 400 camps qui quadrillaient la Kolyma.

– Ces camps étaient pour la plupart en Iakoutie…, fait remarquer Asia. Pourquoi dit-on qu'ils se trouvent dans la Kolyma ?

– *Kolyma* désigne le fleuve du même nom, qui naît de la confluence de deux rivières : la Koulou et l'Ayant Uriach. Mais dans les années 1930, quand la colonisation par les camps spéciaux a débuté, on appelait cette région *Dalstroï*, du nom du trust créé le 11 novembre 1931 par le NKVD pour exploiter les richesses minières de la région. Ici, il y a presque tout le tableau périodique de Mendeleïev : outre l'or et l'étain, on y trouve du molybdène, du quartz, et du cobalt. En 1954, le territoire géré par Dalstroï s'étendait sur plus de 3 millions de kilomètres carrés. Cela représente un septième de la superficie totale de l'Union soviétique. Dalstroï comprenait alors le nord-est de la Iakoutie, la région de Magadan, Tchoukotka, une partie de la région de Khabarovsk, et une parcelle de l'oblast de Primorié. Donc oui, ce territoire excédait de loin la superficie de la seule Kolyma qui, en réalité, commence ici – c'est-à-dire au fleuve qui porte ce nom –, et s'arrête à la mer d'Okhotsk. Et, parce que personne ne voulait venir de son plein gré, une directive a été émise la même année, en 1931, selon laquelle tout prisonnier condamné à une peine de plus de trois ans serait expédié dans cette région – ou dans une autre comme, par exemple, le Kazakhstan. Les premiers prisonniers sont arrivés en 1932, en même temps qu'Edouard Petrovitch Berzine, qui fut le premier directeur de Dalstroï. À ce moment-là, même si on prélevait sur son salaire les frais d'alimentation et de vêtements, un prisonnier était rémunéré au même titre que n'importe quel travailleur, et s'il ne commettait pas d'infraction pendant une année pleine, il avait le droit de se loger librement sur le territoire de la colonie, et même d'y faire venir sa famille.

À en croire Panikarov, à part le logement et le climat, les conditions de vie n'étaient pas si terribles qu'on l'imagine. Du moins au début. Car tout change en 1937, quand survient la Grande Terreur.

Panikarov :

– De nouvelles directives, plus répressives, ont été émises par les dirigeants de l'Union soviétique, et les exécutions de masse ont commencé. Il y avait plusieurs endroits où cela se passait, mais la plupart des exécutions ont eu lieu ici, à la *Serpantinka*, près de Soussouman. *Serpantinka* n'est pas un nom de lieu officiel : c'est un endroit d'où part un chemin qui serpente à travers la montagne.

» En contrebas de ce chemin se trouvait, dans une cuvette entourée de collines, la prison où eurent lieu pratiquement toutes les exécutions de la période des grandes purges, entre l'automne 1937 et le mois de novembre 1938. Elle fut construite à la seule fin de « nettoyer les camps de leurs éléments criminels et contre-révolutionnaires les plus endurcis.

Autrement dit : l'élimination des prisonniers politiques. En d'autres lieux et en d'autres temps, on aurait appelé ça un camp d'extermination.

Construit dans les années 1930, entouré d'une haute palissade en bois, le complexe carcéral se composait de trois bâtiments. Le premier était réservé à l'encadrement – administration et gardiens – ; les autres abritaient des cachots. Au centre, il y avait la cour intérieure où étaient exécutés les prisonniers. Chaque jour, les condamnés figurant sur les listes signées par Garanine, le plus cruel des dirigeants de Dalstroï, y étaient fusillés. Des « contre-révolutionnaires », des « socialistes-révolutionnaires », des « trotskistes », des « mencheviks », mais aussi des « saboteurs », des personnes condamnées pour tentative d'évasion ou de suicide, des grévistes de la faim, et autres « réfractaires au travail ». Garanine avait la main lourde et ne faisait pas dans le détail. Ses jugements étaient rendus de façon expéditive, hors de tout cadre juridique. Une condamnation à mort pouvait frapper n'importe qui, sans motif avéré. Les condamnés étaient conduits par groupes de six dans la cour, on les mettait en ligne et on leur tirait une balle de pistolet Nagan dans la nuque. Le sol de la cour était en permanence maculé de sang, tant le rythme des exécutions était soutenu. Pour couvrir le son des détonations, des gardiens faisaient ronfler le moteur de deux tracteurs.

Soussouman, le village le plus proche de la Serpentine, on y a fait escale la veille pour manger un bout dans la cantine de la station-service. Une plaque commémorative y a été posée le 22 juin 1992, sur laquelle on peut lire : « Dans cette vallée furent exécutés des dizaines de milliers de prisonniers ».

– Ce chiffre n'est pas exact ! s'insurge Panikarov. En 1992, on ignorait le nombre des exécutions, parce que les archives étaient encore fermées.

D'après les calculs de l'ancien plombier-chauffagiste, entre 1931 et 1957, sur un nombre total de 870 000 prisonniers[1], il y aurait eu un peu plus de 11 000 exécutions, et non plusieurs dizaines de milliers, comme

1. Ivan Panikarov se fonde sur les registres des arrivées au port de Magadan. D'autres comptages avancent le chiffre de deux millions. À défaut de sources plus précises, on ne peut faire que des projections. La question des chiffres, dans ce genre de contexte, est toujours compliquée.

l'indique la plaque commémorative. Panikarov ne décolère pas lorsqu'il évoque les historiens étrangers (particulièrement occidentaux notamment français) qui auraient le fâcheux penchant de grossir les chiffres dans le but non avoué d'accabler le régime soviétique. Sans entrer dans les querelles qui agitent les historiens, on remarque chez Panikarov une curieuse volonté d'atténuer les souffrances, de ne pas exagérer le nombre des victimes. S'en dégagent une nostalgie diffuse de l'Union soviétique et une tendance à réhabiliter certains bienfaits méconnus du Goulag. Plutôt étonnant de la part d'un homme qui, contre l'oubli et la propagande du déni, a consacré sa vie à restituer la réalité meurtrière de ses camps. C'est que Panikarov, tout historien et honnête homme soit-il, n'en est pas moins russe et patriote. Et il semble bien que sa méfiance à l'égard des étrangers ait quelque peu orienté son discours. Escamotée sous Staline, prise en otage par la guerre froide, tombée dans l'oubli après la chute de l'URSS, se pourrait-il que la mémoire du Goulag soit aujourd'hui tributaire des sanctions économiques et des crispations engendrées par la détestation de Poutine ? Comme indexée à une forme d'incompréhension ? C'est le sentiment qui domine quand nous prenons congé d'Ivan Panikarov.

19. Les cannibales

Il y a une dizaine d'années, j'étais en Crimée pour interviewer une rescapée de la Shoah qui fut enterrée vivante par les commandos mobiles de tueries de la SS – les *Einsatzgruppen* –, pendant les dernières heures de l'occupation allemande. Cette demi-juive au tempérament volcanique était âgée de 5 ans quand la balle qui aurait dû la frapper mortellement ne fit que la blesser au bras. Laissée pour morte, elle avait pu s'extraire à la nuit tombée de la fosse remplie de cadavres et être secourue par des gens du voisinage. Après l'entretien, j'avais discuté avec son époux, un homme frêle et timide, écrasé par le charisme volubile de la rescapée. Il m'apprit avoir travaillé une bonne partie de sa vie en tant que juriste dans un camp du Goulag, qui tenait plus de la prison que d'un assemblage de baraquements, tels qu'on peut se les représenter dans le contexte sibérien. C'était un centre de détention important, abritant un grand nombre de prisonniers. L'homme tenait son office dans une aile (très) particulière du complexe concentrationnaire : celle réservée aux cannibales.

Si une aile entière de la prison leur était dévolue, c'est que le phénomène n'était pas anecdotique, même s'il est difficilement quantifiable – parce que tabou, véritable angle mort de l'histoire de la guerre et du Goulag. La faim en était évidemment à l'origine ; mais, pour ce que j'ai pu en comprendre alors, ceux qui avaient pratiqué le cannibalisme, en raison du traumatisme engendré par cette infraction spectaculaire à l'ordre de la morale et de la nature, l'avaient ensuite reproduit, au point de devenir une habitude alimentaire. L'ancien juriste me raconta l'histoire – qui m'a longtemps hanté – de ce soldat qui, une fois rentré du front et retourné à la vie civile, avait tué tous les membres de sa famille pour les manger dans sa cave. Durant l'hiver glacial de l'année 1942, alors que les voies d'approvisionnement en nourriture étaient coupées, que la pénurie régnait à tous les niveaux, des soldats s'étaient adonnés à l'anthropophagie. Dannil Alchitz, un ancien soldat de l'armée soviétique, rapporte à ce propos dans l'ouvrage *Grandeur et misère de l'Armée rouge* cet épisode saisissant : « Dans notre armée, la sous-alimentation était si dramatique qu'il y a eu des cas de cannibalisme. Même dans notre division. À l'hiver 1942, il faisait -41 °C. Un soldat a trouvé un cadavre, l'a emporté dans une cave et l'a mangé. Il a été fusillé devant ses camarades. »

1942 fut également une année de disette dans les camps du Goulag. La pire d'entre toutes, et il y en eut beaucoup. Difficile de savoir si des cas d'anthropophagie furent signalés, tant le sujet demeure un secret bien gardé. Quelques cas horrifiques ont néanmoins été mis au jour, notamment par l'historien Nicolas Werth, dans son ouvrage *L'Île aux cannibales*.

En 1933, l'URSS est au bord de la banqueroute. Le premier plan quinquennal n'a pas tenu ses promesses. La collectivisation des terres agricoles n'a produit que des campagnes exsangues, en proie aux famines et aux épidémies. En quête d'une vie meilleure, ou tout simplement pour survivre, leurs habitants partent en masse dans les métropoles de Russie centrale. La bureaucratie soviétique n'a pas anticipé un tel exode rural. La situation est ingérable. Des mendiants submergent les centres-villes, le chômage et la criminalité grimpent en flèche. Comme à son habitude, Staline résout le problème de manière radicale. Le pouvoir ne peut tolérer cet afflux de miséreux qui révèle au grand jour la faillite du système et l'échec des politiques menées. Des « passeports de résidence » qui interdisent aux plus démunis de séjourner dans les grandes villes du pays sont créés, pendant que les « éléments indésirables » sont expédiés dans des camps de travail ou des « villages spéciaux » placés sous la houlette de l'administration du Goulag. Un million de personnes sont déportées au Kazakhstan ou en Sibérie pour être affectées aux travaux agricoles ou à l'exploitation des ressources minières et forestières. Sauf que rien ou presque n'a été prévu pour les accueillir. Les rations alimentaires sont dramatiquement insuffisantes. Disettes et règlements de compte entre bandes et ethnies rivales rendent bientôt la situation des camps explosive. Les autorités régionales s'en inquiètent et alertent le pouvoir central qui imagine alors d'isoler les éléments les moins maîtrisables.

6 114 éléments « socialement nuisibles ou sans classe », comme le déclare un document officiel – petits délinquants, vagabonds ou paysans dékoulakisés sans papiers, ramassés à Moscou et à Léningrad –, sont transportés dans des conditions épouvantables jusqu'à Tomsk, un camp de transit surpeuplé et dépourvu de sanitaires, avant d'être mis dans des barges fluviales puis débarqués sur l'île de Nazino – une déchèterie humaine à ciel ouvert d'une superficie de 3 kilomètres de long sur 500 mètres de large. 27 d'entre eux sont morts au cours du transport.

On recrute dans les environs une poignée de gardiens sans formation qui sont immédiatement débordés : les déportés, dont les rations n'excèdent pas une livre de farine par jour, sans abris, seulement vêtus des guenilles qu'ils portaient sur eux lors de leur arrestation, tombent comme des mouches. D'autant qu'ils ne disposent pour se désaltérer que de l'eau du fleuve qui provoque sur eux de graves troubles intestinaux. Le premier jour, 295 personnes sont enterrées. Au bout de quelques semaines, deux tiers des déportés sont morts de faim. On ne prend plus la peine de les mettre en terre. Les cadavres s'amoncellent. Les survivants arrachent leurs couronnes en or pour les échanger contre une nourriture qui se fait de plus en plus rare. Et quand il n'y a plus rien à manger, les prisonniers rescapés, qui ont tous entre 20 et 35 ans, se mettent à dévorer les cadavres. Puis à assassiner leurs congénères pour les manger eux aussi.

Les habitants du village voisin sont malgré eux les spectateurs de l'horrible spectacle qui se joue sur l'île. Une paysanne de Nazino, alors âgée de 13 ans, assiste au massacre d'une jeune fille qui se trouvait parmi les prisonniers : « Les gens l'ont attachée à un arbre, l'ont poignardée, puis ont mangé tout ce qu'ils pouvaient sur son cadavre. Ils avaient faim, ils voulaient manger. On pouvait voir, sur toute l'île, comment ils déchiraient, découpaient et accrochaient la viande humaine aux arbres. Les clairières étaient jonchées de cadavres. »

Pour mettre un terme à la boucherie, « l'île de la mort », comme l'appellent les habitants des villages alentour, est évacuée à la hâte, et une enquête est diligentée par Moscou pour établir les faits. Elle mettra au jour 31 fosses contenant chacune entre 50 et 70 cadavres. Le 23 mai 1933, les officiers de santé rapportent que sur cinq cadavres examinés, « le foie, le cœur, les poumons et les morceaux de chair tendre (seins, mollets) » ont été découpés. De l'un des cadavres, la tête a été arrachée, de même que les organes génitaux masculins et une partie de la peau. Ces mutilations constituent autant d'indices forts d'actes de cannibalisme ; elles suggèrent en outre l'existence de graves troubles psychopathologiques. »

Sur plus de 6000 prisonniers déportés sur l'île de Nazino, seuls 2000 ont survécu. 80 personnes seront traduites en justice, 11 anthropophages fusillés et vingt-trois gardiens condamnés à la peine capitale.

Après cela, l'affaire est rapidement enterrée, et les rapports de la commission d'enquête classés. Ils seront néanmoins exhumés dans les années 1980, puis publiés par l'association Mémorial en 2002.

En 1952, un an avant la mort de Staline et la grande vague de libération qui s'ensuivit, une libération partielle, qui concernait davantage les droits-communs que les politiques, fut accordée à certains prisonniers. Quelques dizaines d'entre eux, extraits d'un camp proche de Tomtor, suivirent un itinéraire long et sinueux, par camion puis par ferry, jusqu'à Iakoutsk. Comme ils étaient « libres », raconte Chalamov, ils n'avaient plus droit aux rations accordées aux prisonniers, et personne ne les ravitailla durant le transport. Tenaillés par la faim, les droits-communs qui se trouvaient en majorité parmi les anciens Zeks décidèrent de tuer un politique par jour pour se nourrir de sa chair. Quand ils furent arrivés à Iakoutsk, leur escorte découvrit avec horreur ce qui s'était passé dans les cales du ferry. Un seul politique était encore en vie. Même l'adjoint du chef de la division censé les encadrer avait été mangé.

20. L'hôpital de Debine

Iagodnoïe, la cité-dortoir où réside Ivan Panikarov, l'ancien plombier-chauffagiste, avec ses 4000 à 5000 habitants (elle en perd chaque année comme à peu près toutes les villes de la Kolyma), est l'une des plus anciennes places fortes de Dalstroï. C'est là que se trouvait le siège de la direction des camps. Et notamment le guichet « où s'opérait la sacro-sainte remise du formulaire A, grâce auquel le détenu passait dans la catégorie des affranchis », comme l'a noté l'historienne et écrivaine Evguénia Guinzbourg. Pour cette raison, tous les Zeks rêvaient de s'y rendre un jour. Condamnée pour « trotskisme » à une peine de dix-huit ans à cause de quelques coquilles laissées dans un manuscrit, Evguénia Guinzbourg passera un mois à Magadan avant d'être internée en 1940 dans le camp le plus proche de Iagodnoïe, le « combinat pour enfants » d'Elguen. Ce sovkhoze, une ferme d'État fondée en 1934 pour alimenter la région en fruits et légumes – une vitrine privilégiée de la propagande qui loue ses serres, ses concombres, ses tomates et ses céréales –, était initialement destiné aux « travailleurs libres ». Géré par Dalstroï, il est rapidement transformé en camp de travail forcé, d'abord pour les hommes, puis pour les femmes. Parce qu'au début, les gardiens étaient peu nombreux et les restrictions assez lâches, les femmes qui y étaient internées se sont mises à accoucher d'une flopée de bébés. Pour que cesse cette épidémie de naissances embarrassantes, on a séparé au maximum les hommes des femmes. Mais la mesure n'a pas produit l'effet escompté, et on a fini par expédier les femmes le plus loin possible de Iagodnoïe, afin d'éviter toute possibilité de rencontre entre les deux sexes. Les grossesses se sont malgré tout poursuivies, en raison des relations entre les prisonnières et leurs geôliers – fruit d'amours interdites et, probablement, de nombreux viols. Comme on ne pouvait pas fusiller toutes ces femmes ni faire disparaître leur progéniture, le NKVD a décidé de regrouper les nouveau-nés au sein d'un orphelinat. C'est ainsi qu'Elguen devint le tout premier « combinat pour enfants » de Dalstroï.

Quand Evguénia Guinzbourg y est transférée dans les années 1940, elle n'en revient pas : « D'où sortaient ces enfants ? Pourquoi étaient-ils si nombreux ? Se peut-il que dans un monde de barbelés, de miradors, de rassemblements, d'appels, de couvre-feu, de cachots, de transferts, les gens connaissent encore l'amour, ou même l'attirance primitive des sexes ? »

Sans être franchement riante, Iagodnoïe n'est pas partout aussi horrible que l'ensemble où loge Panikarov.

Le centre-ville, presque indéchiffrable sous ses monceaux de neige, s'articule autour d'une petite mairie installée dans un bâtiment stalinien (le seul de son genre) d'inspiration antique avec fronton triangulaire et colonnes peintes en rose, devant laquelle trône encore le buste de Lénine. Les emblèmes de l'Union soviétique sont d'ailleurs partout incrustés dans les murs de la bourgade, sous forme de pancartes défraîchies ou de gravures dans le béton.

Pendant les deux jours où nous y sommes restés, nous passions le temps confinés dans le café-restaurant en face de la mairie – une sorte de blockhaus dépourvu de fenêtres. On y mangeait mal, mais il y avait toujours de vieux tubes familiers, éraillés par des enceintes bon marché, et des locaux avec qui discuter et boire des coups. Varlam devait rester seul dans l'appartement que je partageais avec Asia, et il nous accueillait en nous faisant la fête quand on rentrait le soir après les journées de travail et le passage obligé par le café-restaurant du centre-ville.

Comme il faisait plein jour quand nous avons repris la route, nous avons pu constater l'écart qui nous séparait désormais de la Iakoutie. On avait gagné une vingtaine de degrés (il ne faisait plus que -24 °C !) et, le long de la route, couraient maintenant des lignes à haute tension, signe que la civilisation avait plus ou moins pris souche dans la région. Sur la *trassa*, on pouvait apercevoir le bitume sous la couche de givre, et il y avait même un peu de circulation. Le paysage devint plus plat, moins beau qu'en Iakoutie. On traversait des installations minières, des friches industrielles, des lotissements de barres HLM. On regrettait déjà le côté sauvage et hors du temps de la région d'Oïmiakon.

En milieu de matinée, on s'arrête à l'hôpital de Debine, sis dans un superbe bâtiment à la peinture ocre datant de 1942. À côté de l'entrée, le plus célèbre des portraits photographiques de Varlam Chalamov est gravé sur une plaque de marbre noir fixée à la façade. Visage grave et émacié, regard de feu.

Pendant que Varlam et nos deux chauffeurs attendent dans les 4 × 4 garés devant, nous pénétrons avec une certaine appréhension dans cet hospice spécialisé dans le traitement de la tuberculose. Il compte aussi une aile réservée aux malades mentaux. Nous en croisons une dizaine portant des seaux dans la cage d'escalier, en silence et en file indienne, pour descendre les remplir d'une bouillie concoctée par les cuistots du rez-de-chaussée.

La directrice de l'établissement, Olga Savelievna, une femme souriante et pleine d'entrain, nous attend dans le hall. Elle nous félicite chaleureusement de nous intéresser à l'écrivain qui a fait la célébrité de l'hôpital, avant de nous conduire jusqu'à la chambre qu'il occupait, transformée, comme il se doit, en micromusée à sa mémoire. Des objets, les éternelles galoches, le lit où il dormait, des éditions originales de ses ouvrages, des photos où on le voit au milieu d'un groupe d'infirmières et de médecins, les yeux enfoncés et hallucinés, plus grand et plus mince que les autres, vêtu de la blouse et du calot blancs d'aide-soignant.

En 1946, conséquence des journées de seize heures d'un travail harassant dans une mine aurifère par -50 °C, des coups administrés par les truands qui partagent sa baraque, et tout autant par les gardiens du goulag, Chalamov, dénutri, épuisé, est devenu un *dokhodiaga* – un « crevard », dans la langue des camps. Un squelette décharné parvenu au seuil de la mort. « Prévoir sa vie plus d'un jour à l'avance n'avait aucun sens, écrit-il. La notion même de sens est sans doute inconcevable dans cet univers fantastique. Cette solution (vivre au jour le jour), ce n'était pas le cerveau qui l'avait trouvée, mais une sorte d'instinct animal propre aux détenus ; l'instinct des muscles. » Plus bon à rien, Varlam Chalamov échappe par miracle aux exécutions. Transporté dans un dispensaire de Kubume, il fait la rencontre du docteur Pantiouhov et de son épouse qui, avec patience et humanité, le soignent pendant des semaines. « Je suis un crevard, un invalide patenté voué à l'hôpital, sauvé, arraché aux griffes de la mort par les médecins. Mais je ne vois aucun bien dans cette survie, ni pour moi, ni pour l'État », confie-t-il dans *Le Gant*.

Au fil des jours, Chalamov reprend un visage humain et retrouve l'usage de la parole. Le Dr Pantiouhov comprend alors à qui il a affaire. Un poète, un écrivain, un homme d'exception. Le bon docteur convainc Chalamov de sauver sa peau en devenant aide-soignant et prend tous les risques pour lui trouver une place au chaud. C'est ainsi que le poète intègre le personnel de l'hôpital de Debine. Il emménage dans la chambre qui se trouve devant nous : un vrai lit, un endroit à soi, sans la promiscuité des baraquements qu'il a quittés. Avec, en prime, de vraies rations de nourriture et, surtout, le chauffage central. Chalamov gère l'accueil des malades tout en préparant l'examen qui doit lui permettre d'obtenir le poste pérenne d'infirmier au sein de l'établissement. Son salaire de misère, il le dépense en achetant des livres, constituant patiemment une petite bibliothèque qu'il utilise pour animer un club de lecture. Chalamov se remet à écrire. Des poèmes, des notes préparatoires à ses chroniques de la Kolyma. L'écrivain reprend peu à peu goût à la vie. Sans excès. Le traumatisme du camp est tel que la sensation d'avoir échappé à la mort le jette dans la plus grande perplexité : « Être resté en vie est peut-être un bien, peut-être pas, c'est une question que je n'ai pas tranchée à ce jour. » Libéré en 1951, mais assigné à résidence à Magadan, il ne quittera la Kolyma qu'en 1953, huit mois après la mort de Staline.

Après la visite de l'hôpital, Olga Savelievna nous invite à déjeuner dans une salle du réfectoire, au rez-de-chaussée. Toute l'équipe est réunie autour d'un jus de bouillon insipide et de quelques boulettes qui ne le sont pas moins. Olga Savelievna nous raconte ses études de médecine à Irkoutsk, sur le lac Baïkal, et son premier poste sur l'île de Sakhaline. Elle n'a pris la direction de l'hôpital de Debine qu'il y a deux ans. C'est l'ancien directeur, nous apprend-elle, qui a fait apposer le portrait de Chalamov sur la façade du bâtiment. Selon elle, la mission qui lui incombe est autant thérapeutique que mémorielle :

– Toutes sortes de gens viennent ici visiter l'hôpital qui a accueilli Varlam Chalamov. Curieusement, ce sont surtout des étrangers, des Allemands, des Polonais, et aujourd'hui des Français… Chalamov et le Goulag, c'est notre histoire. Je considère qu'il est de ma responsabilité de la transmettre. Et je ne serai satisfaite que le jour où tous les Russes la connaîtront.

21. La chatte sans nom

Dans *La Chatte sans nom*, Chalamov raconte l'histoire tragique d'une petite chatte trouvée lorsqu'il était aide-soignant à l'hôpital de Debine. Cette chatte qui traînait dans les couloirs avait été battue à coups de barre de fer par le chauffeur Micha avant d'être jetée « dans la neige, dans la nuit, par un froid de moins cinquante degrés ».

Recueillie et soignée par l'écrivain, la chatte, au fil des jours, s'était rétablie et avait même donné naissance à deux chatons. « La vie, c'est la vie. » Hélas, un truand qui avait feint la maladie pour être transféré dans l'établissement (les patients de l'hôpital étaient tous des Zeks et, pour la plupart, des droits-communs), alors que la chatte et sa portée étaient demeurées sans surveillance, l'attrapa avec l'un de ses chatons pour les tuer, les faire cuire et les manger.

L'anecdote rend compte du dégoût que l'engeance des criminels inspire à Chalamov. Comme l'a indiqué Panikarov, les gangs, la mafia, les droits-communs – appelés aussi « voleurs dans la loi » – représentaient l'écrasante majorité de la population des camps de la Kolyma. Leur pouvoir était tel qu'ils avaient l'ascendant sur les gardiens et imposaient leur loi aux politiques. Une loi faite de brutalité, d'arbitraire et d'injustice. Chalamov leur a consacré un livre : *Essais sur le monde du crime*. Parfois, les affrontements entre gangs éclataient sans prévenir dans un déferlement de violence qui se propageait sur d'autres territoires du Goulag, en faisant des centaines de morts. Parfois même des milliers, comme en 1948 lors de la « Guerre des chiennes », par ailleurs titre d'une nouvelle de Chalamov.

L'histoire de « La chatte sans nom » ne s'arrête pas là. Chalamov, parvenu à soustraire la femelle de la portée, voulut lui épargner le sort qu'avaient connu sa mère et son frère. Il la mit à l'abri, hors les murs de l'hôpital, en la confiant à un « passeur », dont la fonction était de faire traverser aux détenus et aux employés de Daltroï la rivière Douskania. Son office prenait fin à l'automne, car l'hiver venu, le cours d'eau étant gelé, la traversée s'effectuerait à pied, et le passeur serait alors renvoyé dans un baraquement, parmi les autres détenus. Comme c'était l'été, cet homme qui pouvait pêcher autant de poissons qu'il le souhaitait entre deux traversées, recueillit la petite chatte à qui il apprit à chasser, et aussi un chiot avec lequel celle-ci s'entendait comme larrons en foire. Chalamov : « Je regardais la chatte, le chiot et le pêcheur, leur tapage joyeux à tous les trois, et je songeais chaque fois à l'automne inexorable, à la précarité de ce petit bonheur et au choix de chacun à cette précarité – animal, homme ou oiseau. L'automne va les séparer, pensais-je. Mais la séparation intervint plus tôt. Le pêcheur alla chercher des vivres au camp et, quand il revint, la chatte n'était plus là. Il la chercha pendant deux nuits, il remonta très loin la rivière, il examina tous ses pièges, ses chausse-trapes, il cria, l'appela en lui donnant un nom que la chatte n'avait jamais eu, qu'elle ne connaissait pas. Le chiot avait été témoin, mais il ne pouvait rien dire. Il hurlait, appelait la chatte. Elle ne revint pas. »

C'est ainsi que se termine la nouvelle.

Comment ne pas penser que notre Varlam serait en quelque sorte la réincarnation de cette « chatte sans nom » ? C'est comme si le récit s'était poursuivi, des décennies plus tard, au pied des mélèzes où je l'ai trouvé. Comme s'il y avait en lui une sorte de syncrétisme flou reliant ces éléments épars : Chalamov, la nouvelle consacrée à la petite chatte, la route des ossements, le Goulag, le climat, la souffrance, la forêt de mélèzes… C'est cette conjonction d'éléments qui avait produit notre rencontre et donné – une seconde – naissance à Varlam. Aussi parce que je ne saurai jamais comment il a pu se retrouver seul sur le bord de la *trassa*, ni quelle fut sa vie avant notre rencontre, la nouvelle de Chalamov m'a permis, à grand renfort d'imaginaire, de combler les lacunes de son histoire.

L'angoisse a commencé de m'étreindre en quittant l'hôpital. Car, après bien des tergiversations, ma résolution est prise. Le constat est sans appel : je ne serai pas capable de prendre soin de Varlam. Il me faut donc trouver quelqu'un à qui le donner – quelqu'un de fiable, qui s'en occupera bien. Cette possibilité est jusque-là demeurée abstraite, vu que nous n'avons croisé personne ou presque pendant le mois qu'a duré notre périple, et que Liocha, seul à même de remplir cette mission, a décliné la proposition. Quant à Asia, c'est hors de question : son fils est asthmatique et allergique aux chats. C'est donc à Magadan qu'il me faudra trouver la personne idoine. Jamais nous ne pourrons rencontrer autant d'êtres humains que là-bas. Or, l'échéance se rapproche puisque nous y serons le lendemain pour y tourner quatre jours d'affilée. La fin du périple, avant le retour en France. En quelques semaines, des liens très forts m'ont attaché à Varlam, et lui à moi. Il va falloir les couper et ce ne sera pas facile.

200 kilomètres après Debine, roulant en direction de Magadan, nous prenons une nouvelle bifurcation. Une route, ou plutôt un chemin qui ne doit exister qu'en hiver. Une tranchée creusée dans la neige avec, de chaque côté, des congères de trois mètres, et rien autour. Au bout du chemin, comme un mirage, telle une oasis au milieu du désert de glace, alors que le jour décline déjà, apparaissent trois bâtiments qui évoquent le château fantastique d'un conte russe. Au centre, un édifice monumental et richement orné, le toit surmonté d'une coupole, et de part et d'autre, de grandes dépendances plus fatiguées. Le sanatorium de Talaya, construit au début des années 1940 par les Zeks, était initialement destiné aux fonctionnaires

du Goulag. Ces derniers s'y refaisaient une santé, et pouvaient jouir à l'envi de ses eaux thermales, de sa piscine d'eau de source, et de ses bains de vapeur. Une des ailes de l'ensemble était une prison. Après la guerre, le bâtiment central, le plus beau et le plus démonstratif (toujours bien entretenu), fut réservé aux huiles du parti, pendant que les dépendances accueillaient le bas peuple contre une somme dérisoire. C'est toujours le cas aujourd'hui. Le coût de la nuitée est de 7 euros. C'est là, avant la dernière ligne droite, que nous passerons la nuit. Seul hic : l'établissement n'accepte pas les chats. Il faudra manœuvrer pour y faire entrer Varlam en douce.

On se présente à l'accueil, on prend possession de nos chambres, et on demande où est l'accès le plus proche des voitures garées dehors, pour qu'on puisse décharger les bagages. Asia et moi partageons un studio composé de deux pièces contiguës. Au bout du couloir où se trouvent les salles d'eaux (les pauvres, dont nous faisons partie, ne disposent ni de douches ni de sanitaires dans leur chambre), et la porte de service par laquelle nous acheminons le matériel de tournage à l'intérieur du bâtiment. J'enfouis comme d'habitude Varlam dans mes doudounes, la fermeture éclair montée jusqu'au cou, de sorte que, n'était l'excroissance située au niveau de mon ventre, notre passager clandestin demeure invisible, en même temps que j'emporte une caisse qui sera entreposée avec d'autres dans notre studio. Je dépose Varlam et je ferme la porte à clef derrière moi, cependant qu'Asia prépare la litière et lui donne à manger. Puis on le laisse seul dans la chambre, car il est aussi l'heure pour nous de nous mettre quelque chose sous la dent.

Le restaurant se trouve dans le bâtiment central, au deuxième étage, sous la coupole. On y accède par un réseau de couloirs souterrains très bien chauffés qui dessert également la piscine et d'autres installations. On peut donc circuler d'un bâtiment à l'autre en peignoir, sans avoir à mettre le nez dehors. On a l'impression d'avoir remonté le temps. Tout est resté dans son jus. Jusqu'aux peintures murales turquoise et beigeâtre, aux conduits et tuyaux apparents qui courent le long des murs et du sol bétonné, et qui sont comme un arrière-goût de l'URSS. Ces mêmes couleurs, ces mêmes décors émaillent la bande dessinée *Partie de chasse*, de Bilal et Christin, que j'avais lue à l'adolescence.

Quand on rentre du réfectoire, après un repas basses calories qui nous a laissés sur notre faim, nous retrouvons Varlam qui nous attendait derrière la porte, assis sur son séant, nous fixant de ses grands yeux pleins de détresse. Comme c'est au tour d'Asia de dormir avec lui, elle l'attrape prestement et le prend sous le bras comme un paquet de linge dans sa chambre. On repart le lendemain à l'aube, sans que personne n'ait détecté la présence du petit chat.

La journée sera longue sous le soleil éclatant et sans chaleur de la Kolyma. Les lignes à haute tension se multiplient le long de la *trassa*. Les barres HLM, parfois repeintes de couleurs criardes, aussi. Et puis, passé l'aéroport situé au sommet d'une colline, alors que le ciel se colore de rose et de feu, annonçant déjà le crépuscule, apparaissent en contrebas une ville compacte, ramassée sur elle-même et lovée dans une plaine encaissée, ainsi que les bulbes éblouissants, couverts de feuilles d'or, de la cathédrale de la Sainte-Trinité et, tout au bout, sur la banquise aux vagues pétrifiées de la baie de Negaïev, le port historique par lequel arrivaient les navires chargés de Zeks. Soudain, la route des ossements est devenue l'avenue Lénine.

Nous sommes entrés à Magadan.

22. Le bout de la route

Magadan est une sacrée surprise ! Devant nous, alors que nous roulons sur l'avenue Lénine qui descend vers le centre et la traverse d'est en ouest, s'étend une ville, avec des immeubles en pierre. Leurs façades, qu'on croirait du XIXe siècle, sont richement ornées et peintes dans des couleurs pastel et chatoyantes, tantôt ocre, tantôt verte, bleue, ou rose. Ça nous fait un drôle d'effet. On se sent comme des Robinsons redécouvrant, après un interminable exil sur une île déserte, les délices oubliés de la civilisation.

Au milieu de l'avenue, nos chauffeurs bifurquent à gauche pour venir s'arrêter devant un joli bâtiment couleur bleu ciel : notre hôtel. Un véritable hôtel (rien à voir avec celui de Tomtor), riche de son hall d'entrée couvert de marbre, ses employés en livrée, ses ascenseurs, ses chambres spacieuses munies de salles de bains et de tout le confort. Pas le temps de s'extasier. Rien ne doit rester dans les véhicules qui reprendront, le lendemain matin, la route en direction de

Iakoutsk. Je ne sais pas exactement où dormiront nos chauffeurs cette nuit, mais pas à l'hôtel.

En quelques minutes, le hall est envahi par nos caisses de matériel et nos bagages. Je récupère la clef de ma chambre, et je prends l'ascenseur avec Varlam. Lit double, fenêtre donnant sur l'avenue Lénine, décoration sobre et refaite à neuf, dans le style scandinave. Je dépose le chat, remplis un bol d'eau, verse un sachet de pâtée bon marché dans une coupelle, et redescends prêter main-forte à l'équipe. Je trouve Asia dans le hall en train de discuter avec une femme blonde portant des lunettes à fines montures. Il s'agit de Victoria, notre fixeuse à Magadan. C'est elle qui prendra le relais de nos chauffeurs pour nous guider et nous véhiculer dans la capitale des Zeks. Victoria a préparé notre séjour sur place, programmé les entretiens, organisé le planning. Souriante et avenante, elle parle un anglais fluide, pimenté d'une pointe d'accent russe. Avant même de discuter boulot, je lui demande tout de go :

– Vous êtes au courant pour le chat qu'on a trouvé, n'est-ce pas ? On ne pourra pas le garder. Mais on ne peut pas non plus l'abandonner. Asia m'a dit que vous aimiez les animaux, et je me demandais si… vous accepteriez de l'adopter ?

Victoria se dandine un peu avant de répondre.

– J'aimerais vous aider, mais ce n'est pas possible. J'ai déjà deux gros chiens, qui n'en feraient qu'une bouchée. Mais je peux vous conduire à la clinique vétérinaire. Après ce qui lui est arrivé, il doit être soigné. Je vous propose d'y aller tout de suite.

La clinique ferme dans moins d'une heure, il n'y a pas de temps à perdre. D'autant qu'on doit d'abord passer à l'animalerie pour acheter une cage.

Sans perdre une minute, je remonte chercher Varlam, puis nous ressortons dans le froid et la nuit pour monter à l'arrière du 4 × 4 de Victoria qui rebrousse chemin sur l'avenue Lénine et vient s'arrêter quelques centaines de mètres plus loin devant l'animalerie de Magadan. J'achète une cage au pas de course, y fais entrer Varlam, qui n'en a aucune envie et résiste toutes griffes dehors, puis nous filons à la clinique vétérinaire, tout près de là. Asia et moi sommes assis à l'arrière, la cage de Varlam entre nous.

– Il faut le ramener à Paris, déclare Asia.

– Pas le choix, hein ?

– On reste trois jours à Magadan. Peut-être trouverons-nous quelqu'un qui accepte de le garder, mais si ce n'est pas le cas… Il faut lui faire les vaccins nécessaires et lui obtenir un passeport pour qu'il puisse prendre l'avion.

– Tu sais comment on fait ça ?

– Oui. Ne t'inquiète pas, je m'occupe de tout.

La clinique, composée de deux grandes pièces en rez-de-chaussée surchargées d'objets et de cages d'animaux empilées les unes sur les autres jusqu'au plafond, est un foutoir sans nom. Mais les deux vétérinaires qui nous accueillent, surtout cette jeune Russe aux yeux bleus et aux cheveux tirés en une queue-de-cheval, se montrent accueillantes et rassurantes. Asia leur explique la situation, les conditions dans lesquelles nous avons trouvé le petit chat qu'on leur présente et qu'on n'a jamais vu aussi agité. « À l'article de la mort, par -50 °C, sur la *trassa*, à une journée de route de Iakoutsk, blessé, dénutri, traumatisé… » Le regard attendri, la jeune brune écoute patiemment le récit que lui fait Asia en russe. Puis elle confie Varlam, qui continue de s'exciter dans sa cage, instinctivement persuadé que tout cela n'augure rien de bon, à sa collègue, une blonde plus âgée, qui l'emmène dans la pièce adjacente – la salle d'opération –, sans qu'on ait eu le temps de lui dire au revoir. La jeune femme brune aux yeux bleus nous explique que son état nécessite un examen approfondi, et qu'il faut lui administrer sans tarder une première série de vaccins. Asia déclare qu'elle s'occupera le lendemain matin des démarches pour lui obtenir un passeport.

– Trois jours, ce ne sera pas suffisant pour faire tous les vaccins, déclare la vétérinaire. Il faudra faire ceux qui manquent quand vous serez rentrés en France.

– Cela ne pose pas de problème pour qu'il passe la douane ?

– Si, bien sûr, mais on peut tricher un peu… Ne vous inquiétez pas. On va se débrouiller. Vous savez, ici, on aime les animaux. Tout le monde fera son possible pour qu'il puisse voyager et avoir une meilleure vie que celle qu'il a eue.

– Je me suis attaché à lui, je confie.

– Et il s'est attaché à vous ! Ce que vous avez fait pour lui, il ne l'oubliera jamais, vous verrez…

Je repense à cette dernière assertion pendant que Victoria nous reconduit, Asia et moi, jusqu'à l'hôtel. Je suis incapable d'évaluer l'intelligence d'un chat. Encore moins ses capacités mnésiques. Mais que Varlam comprenne que je l'ai sauvé, et qu'il me soit pour cette raison reconnaissant, me semble un tantinet tiré par les cheveux. Je découvrirai bientôt que la jeune vétérinaire avait raison. J'apprendrai aussi que l'intelligence et la mémoire d'un chat sont loin d'être aussi négligeables que je le pensais.

Je me sens démuni après avoir refermé la porte de ma chambre d'hôtel. Varlam et moi avons passé un mois collés l'un à l'autre, et je me surprends à constater qu'il me manque déjà. Je l'imagine seul dans sa cage, malheureux, convaincu d'avoir été une nouvelle fois abandonné.

Le soir, nous avons prévu de dîner tous ensemble dans un *steakhouse*, non loin de notre hôtel. L'occasion de passer un dernier moment avec nos chauffeurs. Je jette un œil dans le miroir. La barbe que j'ai laissée pousser au premier jour de tournage commence à être fournie, et elle me fait mal. Il est temps de la raser. Ceci fait, je découvre avec stupeur mon visage redevenu glabre et, pour la première fois de ma vie, émacié, les joues creusées. Sous ces températures polaires, on a beau se gaver de gras et de protéines, rien n'y fait, on maigrit quand même.

Nous marchons jusqu'au restaurant qui se trouve à quelques encablures de l'hôtel. La grande salle du premier étage, couverte de boiseries, meublée de tables larges et de box, renoue avec la mondialisation qui n'a pas épargné ce coin si reculé de la planète. Bondé de jeunes gens, surtout des couples vêtus à la mode, le restaurant pourrait tout aussi bien se trouver au Texas ou au Canada. On s'assoit autour d'une grande table, on passe commande et on avale nos premiers verres. Sauf Liocha, qui ne boit pas une goutte d'alcool. Nos chauffeurs sont décontractés, les mots d'esprit et quelques fous rires s'enchaînent. Pour la première fois, ils évoquent des épisodes de leur vie dont ils n'avaient jamais parlé jusqu'alors. Sasha nous montre des photos de sa femme et de ses enfants sur son téléphone portable. Maintenant que le travail et la tension des tournages quotidiens et des kilomètres à abattre sont derrière nous, nous ne sommes plus qu'une bande de copains qui se gavent de bière américaine et de copieuses pièces de bœuf. Nous savons qu'après ce dernier moment passé ensemble nos chemins se sépareront définitivement, qu'on ne se reverra plus.

Autour de minuit, repus et fatigués, on règle l'addition qui viendra grossir nos notes de frais, et nous nous retrouvons dehors, dans le froid mordant de la nuit sibérienne. Liocha et Sasha se tiennent à côté de leurs 4 × 4 qui hoquettent en crachotant leur fumée blanche. On les remercie d'avoir été nos guides et nos protecteurs durant la traversée. On se dit au revoir avec émotion. Un dernier signe de la main, un dernier sourire, puis ils montent en voiture, prennent le volant, et effectuent un demi-tour en faisant craqueter la neige sous les pneus. On les regarde disparaître dans la nuit avant de rentrer à pied se coucher.

23. Le maire de Magadan

La baie de Nagaïev est au petit jour la scène d'un spectacle irréel. Enclos dans un large cadre de collines et de falaises, l'ancien port de Magadan où accostaient les navires chargés de Zeks, en provenance de Vladivostok ou de Vanino, n'a pas bougé. Des navires à la coque rouillée, n'ayant pas pris la mer depuis un demi-siècle, sont alignés le long des débarcadères en bois pourri, prisonniers de la mer gelée. On marche dessus sans crainte, tant la glace est épaisse, pour y poser la caméra et mettre en boîte quelques prises de vues. L'étendue de cette banquise qui court jusqu'à la ligne d'horizon paraît sans fin. Pourtant, si le ciel n'était pas si brumeux, on pourrait apercevoir aux jumelles la pointe nord de l'île d'Hokkaido. Dans notre dos, face à la mer d'Okhotsk, la butte qui surplombe la baie de Nagaïev, barbouillée d'une neige épaisse et dure, est constellée de baraques en bois, elles aussi contemporaines de la construction de la ville. Ce quartier, allez savoir pourquoi, s'appelle « Shanghai ». Loin du lustre architectural qui a façonné Magadan, ces bicoques furent construites puis occupées par Chalamov et ses semblables, assignés à résidence après avoir purgé leur temps au bagne. Selon les caprices de l'administration du Goulag, les Zeks libérés, tributaires des besoins en main-d'œuvre pour les travaux de construction, n'étaient pas libres pour autant. Coincés dans cet arrière-monde, ils avaient interdiction de quitter la ville, et ils pouvaient demeurer là des années dans l'attente d'un permis délivré par le pouvoir central les autorisant à rentrer chez eux.

Il a beau faire une vingtaine de degrés de plus qu'en Iakoutie, l'humidité de la baie nous glace les os.

Au loin, un brise-glace fend la banquise au ralenti. Cela prend une éternité avant que le navire marchand, entré par la gauche, traverse latéralement la baie pour gagner le nouveau port de Magadan – celui en activité, qui s'étend sur toute la longueur du flanc droit. Lassé par cette traversée hypnotique, notre regard décroche du bateau. Il est attiré par de petits points noirs alignés sur la banquise, au pied de la falaise opposée. Ces points noirs, il y en a une dizaine, espacés de quelques millimètres les uns des autres. Des têtes d'épingles sur une page blanche. On ignore ce que cela peut être. Je regarde dans l'œilleton de la caméra et je découvre avec étonnement que ces têtes d'épingles sont en fait des pêcheurs, assis sans bouger sur la banquise, mouillant la ligne dans un trou. Il y a autant de trous que de pêcheurs, et quelques femmes parmi eux. Les millimètres qui les séparaient à l'œil nu doivent, en réalité, représenter quatre ou cinq mètres.

Asia ne nous a pas accompagnés. Elle est occupée par les démarches administratives pour obtenir un passeport à Varlam. On déjeune sur le pouce dans un fast-food à la sauce sibérienne, après quoi je marche seul vers le *coffee-shop* derrière notre hôtel pour avaler un expresso. Je traverse le jardin public qui se trouve devant la mairie où trône le buste d'un personnage illustre, celui que l'on considère ici comme le fondateur de la cité : Edouard Petrovitch Berzine. L'admiration qu'on lui porte dans l'oblast de Magadan me remplit de perplexité. Ce dignitaire de la Tchéka, la police politique, fut le premier directeur de la compagnie Dalstroï, autrement dit le maître des camps de la Kolyma. Sous Berzine, la cité en construction se divisait en deux : la « ville haute », où résidaient les « libres », et la « ville basse », réservée aux détenus. Dans les années 1930, Berzine règne sur ce gigantesque territoire en monarque absolu. Pour inspecter l'avancement des travaux de construction, visiter les camps de prisonniers, contrôler le rendement des mines d'or – priorité du premier plan quinquennal –, il sillonne la Kolyma vêtu de sa pelisse en peau d'ours et coiffé d'une épaisse chapka au volant de la Rolls-Royce à cabine chauffée que lui a offerte Kroupskaïa, la veuve de Lénine.

Né à Riga en 1894, Berzine a eu plusieurs vies. Avant d'être militaire, agent de la police politique et gardien de camp, il rêvait d'une carrière artistique.

Durant ses études à l'école des Beaux-arts de Berlin, il fait la rencontre de l'artiste Elsa Wittenberg, également native de Riga, qui deviendra son épouse. La révolution de 1917 bouleverse ses projets. Pendant la guerre civile, engagé au côté des bolcheviques, Berzine prend le commandement d'un régiment de fusiliers lettons chargé de la protection de Lénine. Après la geste révolutionnaire, Félix Dzerjinski, le redoutable père de la Tchéka, le prend sous son aile et lui fait gravir les échelons au sein du système de répression soviétique. Au vu de ses faits d'armes et de son dévouement sans faille, on lui confie une mission de grande importance, qui aura autant d'effet sur sa carrière que sur le destin funeste du Goulag : la mise en place des premiers camps de travail de l'Oural. Les détenus y produiront de la cellulose et du papier. Son affectation se solde par un sans-faute, ce qui lui vaut les félicitations, avec mention spéciale, du pouvoir central, tout autant que le respect des 70 000 Zeks placés sous sa responsabilité. Berzine est propulsé à la tête de Dalstroï en novembre 1931. Deux ans plus tard, la construction de la première usine de papier, à Vichera, où travaille alors Varlam Chalamov, est achevée.

Pour Ivan Panikarov, l'historien et ancien plombier-chauffagiste de Iagodnoïe, « Edouard Berzine était un grand homme. Sous son commandement, il n'y avait pas d'exécutions, et tout se passait de façon humaine. On fournissait des vêtements adaptés aux prisonniers. Ils étaient bien nourris, ce qui les rendait plus efficaces au travail. Berzine connaissait personnellement un grand nombre d'entre eux. Il leur serrait la main quand il leur rendait visite, et les appelait par leur nom. Chalamov le connaissait et l'appréciait. Contrairement à ce que racontent certains journalistes aujourd'hui, Berzine était un bon chef de camp et un vrai patriote ! »

À tel point qu'en 1935, pour avoir dépassé les prévisions du plan minier en produisant 14 tonnes d'or, il reçoit à Moscou le prestigieux « Ordre de Lénine ». Après cela, conforté dans ses fonctions, le directeur de Dalstroï rentre à la Kolyma superviser la construction des routes et les travaux en cours sur le site de Magadan. Une ville est en train de sortir de terre. Berzine en sera le maire autoproclamé. Une fierté pour ce fonctionnaire zélé, mari aimant et père de deux adolescentes qu'il ne voit guère qu'au petit déjeuner.

En octobre 1937, il reçoit une lettre du NKVD qui tombe à point nommé ; sa hiérarchie lui accorde un congé, agrémenté d'un traitement balnéaire. Berzine ne soupçonne pas que derrière cette gratification se cache l'un des pièges mortels dont Staline a le secret. Féru de musique et d'art, ses passions de jeunesse, Berzine entraîne femme et enfants en Italie pour admirer les beautés du Quattrocento et des antiquités de Rome, Venise et Sorrente. De retour en Sibérie, il apprend qu'il est de nouveau convoqué à Moscou. Le maire de Magadan prend place en majesté dans le wagon de première classe du Transsibérien, au son de la fanfare. Alors qu'il n'est plus qu'à une centaine de kilomètres de la capitale, le train fait soudain halte en pleine nuit pour laisser monter des agents du NKVD. Berzine est arrêté et conduit sous escorte à la prison de la Loubianka. Le maître du Kremlin, paranoïaque et jaloux, ne supportait plus le pouvoir dont jouissait le directeur de Dalstroï. Le temps était venu de le rappeler à l'ordre, de lui indiquer que les responsabilités dont il s'enorgueillissait ne dépendaient que de son bon vouloir à lui. Que d'un claquement de doigts, Staline pouvait écraser n'importe lequel de ses sujets comme une mouche. Les purges de la Grande Terreur avaient commencé, et Berzine, comme la moitié des fonctionnaires de l'administration des camps, en ferait les frais.

Panikarov :

– On l'a accusé de toutes sortes de choses : diriger un complot antisoviétique, faire de l'espionnage au profit de l'Angleterre et de l'Allemagne, vouloir livrer Magadan aux Japonais… Bien sûr, rien de tout cela n'était vrai.

Le 1er août 1938, Edouard Petrovitch Berzine est exécuté avec ses principaux collaborateurs dans la prison de la Loubianka. Il sera réhabilité en 1956, l'année de la fermeture des camps.

24. Visite à la clinique vétérinaire

En fin d'après-midi, je rejoins Asia dans l'échoppe d'un photographe pour boucler le passeport de Varlam. À partir d'une photo prise sur mon téléphone portable, on tire un portrait du chat qu'on colle sur un document officiel – un carnet de quelques pages écrit en cyrillique, obtenu je ne sais où par ma camarade. Réalisé en un temps record, il n'y manque plus que le tampon de la douane. La date de naissance écrite sur le passeport est celle du jour où nous avons recueilli Varlam, et ses parents légitimes sont Asia et moi, ce qui, en russe, lui confère un patronyme digne d'un roman de Dostoïevski : Varlam Kovrigina Prazan(-ovitch). Après quoi, on décide d'aller lui rendre visite à la clinique vétérinaire.

Durant la traversée de la Kolyma, nous n'avions entendu que deux fois le son de sa voix. La première, c'était au moment du bain, le jour où nous l'avons trouvé. La seconde, quand on mangeait du poisson cru à Tomtor, et qu'il en quémandait des morceaux en beuglant de son filet de voix suraigu depuis la chambre où il était enfermé. La fois suivante, ce fut ici, dans la clinique vétérinaire, quand Asia et moi avons poussé la porte de la grande salle où étaient superposées des cages qui, depuis la veille, s'étaient remplies d'animaux.

À peine avons-nous passé la porte que nous sommes assaillis par de petits cris plaintifs, comme ceux d'un enfant suppliant sa mère de venir le chercher après la première journée de maternelle. À l'autre bout de la pièce, prisonnier de la cage exiguë que je lui ai achetée, Varlam nous a reconnus et nous appelle à l'aide !

Accompagnés de la jeune vétérinaire aux yeux bleus, on traverse la salle à grands pas pour le rejoindre. Fou de joie, pensant sans doute la quille venue, il nous accueille en tournant sur lui-même, tout en mordant et griffant les barreaux de sa prison. La vétérinaire ouvre prudemment la cage et nous autorise à le prendre quelques minutes dans les bras.

– Il nous a cassé les oreilles toute la journée !

– Que se passe-t-il ? demande Asia.

– Rien de grave. Il est amoureux !

À côté de sa cage, à un mètre à peine, une femelle à la gueule ciselée et aux yeux d'un bleu aussi saisissant que ceux de la vétérinaire russe nous observe avec curiosité. Je comprends immédiatement l'intérêt que lui porte celui que je viens officiellement d'adopter. Cette toute jeune chatte est le plus beau spécimen de son espèce qu'il m'ait été donné de voir. Sa silhouette élancée, au pelage gris tigré, est aussi féminine que le corps trapu de Varlam est masculin. Je me poste devant la cage de la donzelle qui vient aussitôt se frotter à mes mains en ronronnant.

– Quel âge a Varlam ? demande Asia.

– D'après ses dents, environ 3 ans.

– On le croyait plus jeune… Il est si petit !

– Oui, mais c'est son gabarit. Il a atteint sa taille adulte. Il faudra le faire castrer quand vous serez à Paris. Vous ne serez plus ennuyé par l'odeur de ses urines, et ce sera mieux pour sa tranquillité ; les chats sont en rut quatre fois par an, et s'ils ne s'accouplent pas, ils sont ingérables. Et puis, quand ils sont stérilisés, ils vivent en moyenne un à deux ans de plus, et en meilleure santé que les chats entiers.

Une dernière caresse à Varlam, et on le rend à la vétérinaire qui le replace dans sa cage. Les yeux écarquillés, il nous observe nous éloigner. Asia et moi quittons la clinique sans nous retourner. Je suis tout aussi impatient de le retrouver dans deux jours, quand sonnera l'heure du retour, qu'inquiet à l'idée de le ramener à Paris. Mais les jeux sont faits désormais, comme le laisse entendre le document qui nous a été délivré, l'autorisant à quitter son pays natal. Sans grand espoir de retour. Un aller simple qui fera bientôt de lui un résident étranger en France.

25. La capitale des Zeks

– Nous nous trouvons sur la baie de Negaïev, à l'endroit même où, après la révolution bolchevique, a débarqué la première expédition géologique.

Sergeï Roïzman enseigne l'histoire à l'université de Magadan. Grand et mince comme une tige, il porte un bonnet et des lunettes de soleil aux verres étonnamment teintés de rose. Sa moustache couleur blé se couvre de gel au fil de l'entretien qu'Asia conduit debout, au pied du phare qu'on aperçoit partout sur les photos et les images d'archives.

La baie est déserte en ce petit matin, la lumière fantastique. Le ciel lourd d'une épaisse couche de nuages gris laisse percer par endroits des rais de lumière éblouissants. La neige s'est mise à tomber.

– Edouard Pétrovitch Berzine, un fonctionnaire du camp de Vichera, dans l'Oural, qui avait constitué une équipe de Zeks en laquelle il avait toute confiance, débarque ici en 1926. C'était avant la création de Dalstroï, qui deviendrait par la suite un État dans l'État, avec sa flotte, des représentants dans toutes les grandes villes du pays : Moscou, Vladivostok, Leningrad, et bien d'autres encore. Seuls les citoyens munis d'un document signé par le responsable du bureau des cadres de Dalstroï étaient autorisés à poser le pied sur la baie.

» Berzine a lancé les premiers chantiers de construction – ceux qui étaient les plus urgents. C'est-à-dire le port de Magadan et la *trassa*, qu'on appelle encore *route des ossements*. Pour la construire, dans cette région dite du *gel éternel*, on enlevait la couche supérieure de la terre qui se trouve sous la glace, on y plaçait de la paille et du terreau qu'on recouvrait de branches de mélèze, puis de troncs d'arbres, et encore d'une couche de terreau, et enfin de gravillons. Les camps étaient mobiles. On les déplaçait au gré de l'avancement des travaux. Dès qu'un gisement d'or était localisé, on construisait une nouvelle section de la route qu'on reliait au tracé principal.

– Quel était l'itinéraire suivi par les prisonniers ?

– Ils arrivaient par bateau de Vladivostok ou des ports de Vanino et de Nakhodka. Quand il y avait suffisamment de prisonniers, c'est-à-dire 1 000, 1 500, 2 000, on les embarquait sur un navire de la compagnie Dalstroï. Ils étaient massés à fond de cale, sur des planches de bois où étaient disposées des paillasses sur plusieurs niveaux. La traversée pouvait prendre entre douze jours et un mois. Car la mer était le plus souvent agitée, les secousses puissantes, et le brouillard permanent. Bien sûr, pour ne rien arranger, les navires étaient mal appareillés… »

Des centaines, peut-être des milliers de personnes périrent au cours de la traversée. Tel fut le sort du poète Ossip Mandelstam. Ce fils d'une famille de maroquiniers, qui n'a pu intégrer l'université de Saint-Pétersbourg en raison des quotas limitant le nombre d'étudiants juifs sous la Russie tsariste, fait ses études à Paris où il suit les cours du philosophe Henri Bergson. De retour en Russie, il publie ses premiers poèmes et traduit des auteurs français. Il se tient à l'écart de la révolution bolchevique, ce qui lui vaut d'être immédiatement suspecté par le pouvoir soviétique « d'activités contre-révolutionnaires ». Le 17 mai 1934, sur ordre du directeur du NKVD Guenrikh Iagoda, des agents de la Guépéou débarquent en pleine nuit dans l'appartement moscovite du poète. Mandelstam est arrêté et conduit à la Loubianka. Ses manuscrits, lettres et répertoires lui sont confisqués. Après quatre ans d'exil forcé à Voronej, l'« ennemi du peuple » est jeté dans la cale d'un navire de Dalstroï à destination de la Kolyma. Il n'en foulera jamais le sol. Selon les autorités, il aurait succombé à un « arrêt cardiaque » et à une « artériosclérose ». Officiellement, le 28 décembre 1938, à 12 h 30. Selon Varlam Chalamov, si précise soit-elle, la date de son décès est erronée. En réalité, elle aurait eu lieu deux jours plus tôt : « Il mourut vers le soir. Mais on ne le raya des listes que deux jours plus tard. Pendant deux jours, ses ingénieux voisins parvinrent à toucher la ration du mort lors de la distribution quotidienne de pain : le mort levait le bras comme une marionnette. C'est ainsi qu'il mourut avant la date de sa mort, détail de la plus haute importance pour ses futurs biographes. »

– Quand les prisonniers atteignaient Magadan, poursuit Sergeï Roïzman, ils étaient enregistrés par les autorités du Goulag. Des livrets existent où sont notés l'heure d'arrivée, le nom de famille du prisonnier, son numéro de matricule, le nom du navire, et d'autres précisions relatives à son état civil. Ils étaient ensuite envoyés dans *l'espace de décontamination*, où ils devaient se laver et nettoyer leurs vêtements. On leur remettait un uniforme, après quoi ils étaient expédiés dans un camp de transit où ils attendaient de recevoir leur affectation : seraient-ils assignés aux travaux sur la route, à l'exploitation des minerais, ou resteraient-ils sur place pour participer à la construction de la ville ?

La ville, justement.

Après le déjeuner, nous déambulons dans ses rues et ses faubourgs enneigés en compagnie de Sergeï, qui revient pour nous sur son édification et sur l'architecture de ses bâtiments.

– Tout a commencé en 1931, quand 1 500 soldats de l'Armée rouge démobilisés des contingents d'Extrême-Orient ont débarqué. Ils ont créé le premier noyau de Magadan, qu'on appelait à l'époque *la petite ville bariolée*. Elle était formée de tentes plantées sur la grève. Sa localisation précise est aujourd'hui des plus floue ; la mémoire locale ne l'a pas retenue.

La ville est si petite que nous traversons immanquablement le square, derrière l'hôtel où nous logeons, qui abrite le buste d'Edouard Pétrovitch Berzine.

– À l'endroit même de ce square se trouvait un camp de prisonniers affectés à la construction de la ville.

Sergeï avise l'immeuble d'angle couleur ocre qui le prolonge, encore frappé en son sommet des armoiries de l'Union soviétique : étoile rouge, faucille et marteau.

– Tout ici ou presque – car il y avait aussi des travailleurs libres – a été construit par les détenus du Goulag. C'est le cas du bâtiment qui se trouve devant nous. Dans les années 1940, il abritait la Direction centrale du NKVD. C'est là que se décidait le destin des prisonniers. Quand on manquait de bras, le NKVD réclamait au pouvoir central des ouvriers qu'on se chargeait d'arrêter sous différents prétextes, un peu partout en Union soviétique, pour être envoyés ici. Et, derrière ce bâtiment, il y avait un centre de détention. Car il y avait aussi des arrestations à Magadan. Des prisonniers contre lesquels on montait des dossiers passibles de nouvelles condamnations. Mais il est aussi arrivé qu'on arrête des *libres*, comme, par exemple, des géologues qui étaient salariés volontaires. Ils ont été arrêtés, jugés et détenus dans cette prison. C'est également là qu'avaient lieu les exécutions.

– On ne pourrait pas imaginer que ces immeubles datent des années 1940, je fais remarquer. Ils semblent beaucoup plus anciens…

– Le centre de Magadan a été achevé dans les années 1950. S'ils ont cet aspect, c'est parce que les architectes qui ont œuvré à leur conception, et qui étaient tous des prisonniers politiques, venaient de plusieurs métropoles de Russie, telles que Saratov ou Léningrad. La plupart étaient originaires de Léningrad – Saint-Pétersbourg –, et ils ont reproduit l'architecture des villes dans lesquelles ils avaient grandi et vécu. La nostalgie de leur ville natale se lit encore sur les murs de Magadan.

Le goulag n'était pas qu'un lieu de mort. La vie artistique y était, paradoxalement, en ébullition. Il faut dire que s'y concentrait une somme invraisemblable de talents, peintres, musiciens, écrivains et dramaturges, venus des quatre coins de l'empire. Des concerts, des pièces de Tolstoï ou de Shakespeare y étaient donnés. Berzine adorait y assister. Cette effervescence a perduré après la libération des camps. Mais la capitale des Zeks s'est depuis étiolée. Au cours de ces trois dernières décennies, elle a perdu 40 % de ses habitants, et n'en compte plus que 90 000. Quant aux anciens Zeks et à leurs familles, qui en composaient l'écrasante majorité, ils ne représentent plus que 30 % de la population de Magadan.

26. La rescapée ukrainienne

Antonina Novosad est l'une des dernières rescapées des camps de la Kolyma. Elle habite dans le complexe de barres HLM vétustes datant des années 1980 qui surplombe la baie de Negaïev. La vue, depuis la fenêtre de son salon situé dans les derniers étages de l'immeuble, donne sur le débarcadère où venaient naguère s'arrimer les cargaisons humaines de Dalstroï, dont elle fit elle-même partie et au-delà, sur la mer d'Okhotsk. Chez elle, tout est marron, de la couleur des murs de son appartement à sa teinture capillaire ou au chemisier à motifs qu'elle porte avec une certaine élégance. Antonina est âgée de 90 ans.

– Toute ma vie, j'ai travaillé à Magadan. Depuis la naissance de Magadan, je vis à Magadan.

Originaire de Galicie, la région ukrainienne frontalière de la Pologne, Antonina Novosad doit son arrestation à la relation trop intime qu'elle avait nouée avec l'un des hommes de Stepan Bandera, le pogromiste et leader nationaliste qui pactisa avec les nazis dans l'espoir d'obtenir l'indépendance de l'Ukraine, avant de faire la chasse aux Juifs, aux communistes, et aux Polonais. Un nettoyage ethnique que son organisation, l'UPA, poursuivra jusque dans les années 1950. Tout cela a laissé des traces. Notamment dans les relations entre l'Ukraine et son colossal voisin russe. D'autant plus que Bandera est encore considéré comme un héros en Ukraine occidentale.

Après la « révolution orange » de 2004 à Kiev, le président Viktor Iouchtchenko, qui est parvenu à chasser du pouvoir les sbires de Moscou, n'aura de cesse de raviver le passé pronazi d'Ukraine occidentale. Financés par les deniers publics, de magnifiques mausolées à la mémoire des combattants de la SS Galicia, une unité supplétive de la SS, ont été érigés à Lviv (*Lemberg* en allemand, *Lvov* en russe). Un musée à la gloire de l'UPA y a ouvert ses portes, et l'« Holodomor », la famine organisée par Staline qui fit de 2,5 à 5 millions de victimes ukrainiennes, a été qualifié dans une loi de « génocide », sur fond de compétition victimaire avec un génocide des Juifs auquel nombre d'Ukrainiens ont pris part et qui a profondément marqué l'histoire et le territoire du pays. Autant de gestes perçus comme des provocations par Vladimir Poutine et une grande partie des Russes, qui n'ont fait qu'alimenter un règlement de comptes sans fin entre les deux plus grands pays slaves. Puis, ce sera la seconde révolution, celle de Maïdan, en 2014, l'annexion de la Crimée, une guerre larvée ne disant pas son nom dans la région frontalière du Donbass, et l'invasion de l'Ukraine par les forces militaires de la Nouvelle Russie, le 24 février 2022, censée mettre fin, selon le dictateur russe, à la « nazification » de l'Ukraine, et au « génocide » dont seraient victimes les prorusses de l'est. Sciemment utilisé par Poutine, ce vocabulaire résonne fortement au sein de cette population, et particulièrement auprès des plus âgés – ceux qui ont connu l'Union soviétique dont ils gardent au cœur la nostalgie, ainsi que l'humiliation qui a suivi son effondrement. Sauf qu'entre-temps, l'Ukraine a bien changé. Elle s'est modernisée, démocratisée, et a même été capable, alors que ses régions occidentales demeurent imprégnées d'un puissant antisémitisme, de se doter d'un président d'origine juive, Volodymyr Zelensky, qui a recueilli plus de 70 % des suffrages aux élections.

Antonina nous montre une photographie en noir et blanc où on la voit, à peine sortie de l'adolescence, bras dessus bras dessous avec son beau milicien. La photo a été prise à Chikno, peu après l'invasion allemande de juin 1941. À la chute du IIIe Reich, la jeune femme, âgée de 19 ans, est arrêtée, torturée pendant des semaines, puis déportée avec d'autres prisonniers dans un wagon à bestiaux plombé. Le voyage dure six semaines. Nul ne sait ce qui les attend. L'arrivée à Vladivostok est un soulagement.

– Il faisait beau. C'était le mois de juin. On dormait près de la mer, sur les galets. Je me souviens qu'ils étaient si chauds qu'on s'y brûlait la peau. Deux jours plus tard, on nous a mis dans un bateau qui transportait du sable, du ciment et des pommes de terre.

On envoyait cela à Magadan, et nous avec. La traversée était agitée, si bien que le sable et le ciment se déversaient partout. Quand le bateau penchait à droite, le ciment nous tombait dessus, quand il penchait à gauche, c'était du sable. Les ténèbres étaient profondes dans la cale où nous étions confinés. On y respirait mal. Quand on est arrivés à Magadan, mes yeux étaient devenus jaunes, je n'y voyais rien.

C'était le 9 novembre 1948. L'hiver était déjà là. Antonina découvre, sans trop y prêter attention, la baie de Negaïev et la ville de Magadan, encore en construction, loin d'imaginer qu'elle y passera le plus clair de sa vie. Le transport en train et en bateau a été éprouvant. Le véritable choc sera pour elle le passage dans « l'espace de décontamination ».

– On devait d'abord prendre une douche. Seuls des hommes travaillaient là, ce qui nous a pétrifiées. On nous a déshabillées et on a pris nos vêtements pour les désinfecter. Nous étions toutes nues. Les hommes ont commencé à raser les jeunes filles. Elles se sont mises à hurler. Moi, je restais sur le côté, car j'étais malade. Quand nous sommes ressorties, il y avait des droits-communs qui nous observaient fixement. Nous étions toutes ukrainiennes. Ils devaient le savoir, car ils nous insultaient. Ils nous traitaient de fascistes et nous ont jeté des pierres. On a couru vers nos gardiens pour leur demander de nous protéger. C'est là qu'ils nous ont donné à manger : une bouillie de millet avec quelque chose de noir qui flottait à la surface. Les jeunes filles l'ont avalée goulûment mais moi, je n'y ai pas touché. J'ai bien fait car elles sont toutes tombées malades !

Antonina demeurera un moment dans un camp de transit de Magadan, avant d'être envoyée plus loin, dans un des baraquements réservés aux femmes en bordure d'une forêt. Elle est affectée au travail dans une mine d'étain.

– On partait à 8 heures du matin, et on revenait au camp à 8 heures du soir. Le travail était dur. Dans notre équipe, il y avait une quarantaine de personnes. Que des Ukrainiens. Le gisement sentait le métal. À l'époque, je ne savais pas ce que c'était. Si c'était de l'or, ou autre… Ça ne m'intéressait pas. On cassait des pierres qui arrivaient sur le tapis roulant d'une machine, puis il fallait ramasser les morceaux de métal, les mettre dans un seau et les faire sécher ensuite dans une grande poêle. Chaque jour, il fallait accomplir la norme de travail. Si tu n'accomplis pas cette norme, on te met au cachot. Et là, tu ne reçois que 300 grammes de nourriture. Le soir, on rentrait à la baraque fourbues et transies de froid. La responsable faisait du feu pour alimenter le poêle, mais il était impossible de venir à bout de ce froid qui s'insinue partout, jusque dans les os. On réchauffait l'air glacial avec notre haleine… Il fallait dormir avec une chapka ou un bonnet, sans quoi les cheveux gelaient et restaient collés aux lattes de bois. On dormait à deux par grabat sur des châlits superposés.

» Le pire, c'étaient les mites qui mangeaient le toit et qui nous tombaient dessus par paquets pendant notre sommeil. On était littéralement dévorées par les mites ! Je rêvais de dormir dans la mine pour leur échapper. Les filles qui étaient avec moi dans la baraque, elles étaient toutes jeunes. La plus âgée n'avait pas 40 ans. Je m'y suis fait des copines. Des filles qui venaient de la même région que moi.

– Des personnes que vous connaissiez sont-elles mortes dans le camp ?

– Oui, beaucoup d'entre elles sont mortes… C'est nous qui devions les enterrer dans la forêt qui était tout près. On appelait cet endroit *le cimetière*. On y allait à quatre, surveillées par une escorte et une voiture militaire. En dehors de cela, il nous était interdit d'y aller. Mais, comme j'avais faim, j'ai voulu m'y rendre un jour pour manger des baies. Il y en avait, et des airelles, dans ce coin-là. Elles étaient de l'autre côté de la ligne de barbelés. J'y suis allée avec une amie du camp. Moi, je n'ai pas osé franchir la ligne, mais mon amie, elle, est passée sous les barbelés pour en cueillir. Elle avait si faim ! Un soldat l'a vue, alors qu'elle était baissée, et il lui a tiré dessus. Je l'ai enterrée à l'endroit même où elle est morte. Que vous dire ? Il se passait toutes sortes de choses dans le camp. Du bon et du mauvais. Nous étions si jeunes ! Je n'avais pas 30 ans quand j'ai été libérée.

C'était en 1956. La « déstalinisation » battait son plein et le Goulag vivait ses dernières heures. Du jour au lendemain, les détenus de la Kolyma sont relâchés, sans préavis. Antonina n'a rien prévu de tel, rien anticipé. Elle songe à partir pour Odessa où réside sa mère, quand elle apprend que les villes du « Continent » lui sont interdites. Elle devra se résigner à vivre chez son frère, dans un village du sud de l'Ukraine. Une déception.

– Dès que j'y suis arrivée, je savais que je retournerais à Magadan.

Après quelques mois passés à jouer à la nourrice et la bonne à tout faire chez ce frère peu compatissant, elle entame son retour dans la capitale des Zeks. Les camarades du camp, « mes sœurs, ma vraie famille », lui ont écrit. Elle les rejoindra après avoir attendu pendant sept mois au port d'Odessa l'arrivée d'un bateau à destination de Magadan. Là, elle se marie avec un ancien droit-commun qui lui fait deux enfants : un garçon, aujourd'hui décédé, et une fille. Leur idylle est de courte durée. Antonina doit se résoudre à vivre seule, travaillant durement pour gagner sa croûte, dans une usine de poulet, puis dans une tannerie.

– Il n'y avait pas grande différence avec ma vie au goulag. Le soir, on dormait dans des dortoirs qui ressemblaient à ceux du camp, dit-elle en riant, puis elle ajoute : la dureté de ma vie a été la gymnastique qui m'a permis de survivre à toutes ces épreuves, et de m'en sortir.

Aujourd'hui, ses camarades du camp sont toutes décédées. Rejetée par sa fille qui, dans le contexte du conflit entre l'Ukraine et la Russie, l'accuse d'avoir mérité sa détention, Antonina se sent abandonnée, y compris de l'État qui, pour toute compensation, lui fait parvenir chaque mois un mandat de 700 roubles – l'équivalent de 10 euros. Les habitants du quartier, ses voisins, font ce qu'ils peuvent pour lui venir en aide. Le respect des anciens, la solidarité héritée de l'ère soviétique existent encore en Russie.

Alors que nous remballons le matériel de tournage, je lui demande si elle se sent russe ou ukrainienne.

– Ni l'un ni l'autre. Ma seule patrie, c'est Magadan.

Antonina Novosad est décédée le 23 mars 2022, un mois presque jour pour jour après le début de l'invasion russe en Ukraine.

27. Vaninsky port

On charge le matériel de tournage dans le coffre du véhicule qui nous attend avec Victoria sur le parking du lotissement. Asia est encore dans l'appartement avec Antonina. Un lien s'est noué entre les deux femmes. Émue par le récit de la rescapée, ma camarade lui prenait les mains au cours de l'entretien. Elle a aussi versé quelques larmes.

Notre sédentarisation à Magadan facilite grandement les choses. On ne prend que le nécessaire. Le reste, on le laisse dans un local de l'hôtel. Tout est plus simple, plus léger. Au bout d'un moment, Asia apparaît dans l'allée qui mène à la barre HLM d'Antonina. Elle est toute pâle, l'air contrarié. Je la rejoins et lui demande ce qui ne va pas.

– Elle a dit des choses bizarres…

– Antonina ?

– Oui.

– Quelles choses ?

– Sur les Juifs…

– Des propos antisémites ?

– Oui. Elle est persuadée que ceux qui l'ont arrêtée, dont un certain Motkine, étaient juifs. Elle s'est mise à les injurier.

Il y avait chez Antonina des traces d'un antisémitisme culturel, propre à sa région ; nous en convînmes, Asia et moi. Peut-être avait-elle deviné que j'étais moi-même juif – d'origine polonaise – et avait-elle volontairement évité ce genre de remarque en ma présence. J'ignore si les agents du NKVD qui l'ont arrêtée et certainement maltraitée l'étaient, mais il est un fait que les Juifs furent nombreux à se jeter corps et âme dans la révolution bolchevique et sa promesse d'émancipation. Par idéalisme, ou pour échapper aux discriminations et aux pogroms en vigueur sous le régime des tsars, tout autant qu'à la dureté de la loi rabbinique qui sévissait dans les shtetls – ces villages yiddishophones qui émaillaient les provinces d'Europe centrale et orientale où régnait une forme d'apartheid.

Avant l'antisémitisme d'État et les vagues de répression qui s'abattirent sur eux lors de la Grande Terreur, puis au lendemain de la Seconde Guerre mondiale, les Juifs étaient présents dans tous les compartiments de l'appareil d'État soviétique ; dans l'armée, la police politique et jusqu'au sein du Politburo. Il y en eut également dans l'administration du Goulag où un nombre non négligeable de gardiens de camps étaient juifs. Le plus célèbre d'entre eux est sans doute Naftali Frenkel, un personnage mystérieux que l'on peut à juste raison considérer comme l'un des architectes des « camps spéciaux ». Aujourd'hui encore, sa biographie est entourée d'un halo d'opacité. Son origine exacte, son lieu de naissance demeurent sujets à spéculations. On le dit originaire d'Odessa, ou de Turquie, ou d'Autriche. La thèse la plus répandue soutient qu'il serait né en 1883 à Haïfa, en Palestine ottomane.

Sa carrière débute comme interné au SLON. Condamné à dix ans de travaux forcés en 1923 pour contrebande, Frenkel est déporté sur l'archipel des Solovki, le tout premier complexe concentrationnaire sur la mer Blanche. Il n'y sera pas longtemps prisonnier. Sans que personne ne lui ait rien demandé, il met à profit ses talents de mathématicien et d'organisateur pour rédiger un rapport mettant en exergue tous les dysfonctionnements du camp, et aligne une série de propositions à même d'en faire une institution économiquement rentable. Ce rapport détaillé, qui entend réformer le système de fond en comble (normes de travail en relation avec la production journalière, exploitation forestière, pêche, élevage, briqueterie, mobilité des baraquements, etc.) est glissé comme une bouteille à la mer dans la boîte aux lettres destinée aux suppliques des prisonniers. Il finira par atterrir sur le bureau de Guenrikh Iagoda, un juif moscovite chargé de l'administration du Goulag, et futur chef de la Tchéka. Ce dernier propulse le Zek à la tête des Solovki, quelques mois seulement après qu'il y est entré comme détenu. Frenkel s'évertue à mettre en pratique ses propositions. Il est l'auteur de l'une des sinistres marottes du Goulag : « Vous mangez en fonction de ce que vous travaillez » – marotte ayant abouti aux fameuses « normes de travail ». Ceux capables des plus grosses charges recevront 800 grammes de pain et 80 grammes de viande, ceux qui ne sont capables que de travaux plus légers, 500 grammes de pain et 40 grammes de viande, les invalides 400 grammes de pain. Autant dire que cette dernière catégorie est condamnée à mort à plus ou moins court terme. Frenkel applique sa passion des normes aux baraquements, qui contiendront 250 paillasses, et qui, grâce à un ingénieux procédé, seront déplaçables à mesure de l'avancée des travaux de construction ou d'abattage. Il crée de nouvelles activités dans le camp, telles que l'élevage d'animaux à fourrure ou la culture de plantes tropicales, tout en supprimant, à l'exception des représentations théâtrales, les divertissements et l'accompagnement « idéologique » dont les prisonniers bénéficiaient jusqu'alors. Il sanctionne les actes de cruauté envers les prisonniers, non par bonté d'âme, mais parce que de tels comportements grèvent la productivité. Ses résultats sont si spectaculaires qu'ils se généralisent bientôt aux autres camps du Goulag. Sous le règne de Frenkel, les Solovki sont non seulement autosuffisantes, mais elles dégagent des bénéfices considérables. Devenu le chouchou de Staline, Frenkel participe à l'expansion du camp dans toute la Carélie avant d'être missionné sur d'autres sites d'exploitation. En 1931, Frenkel est nommé chef de la construction du canal de la mer Blanche, un chantier pharaonique, puis à la tête de la BAM – Baikal Amour Magistral –, pour la construction d'une voie ferrée qui ne sera achevée que trente ans après son lancement au début des années 1930. Protégé par Staline, que Frenkel se targuait de rencontrer fréquemment à l'occasion de séjours secrets à Moscou, l'ancien Zek échappe par miracle aux purges de la Grande Terreur. Igoda, le chef de la Tchéka qui avait fait de lui un maillon essentiel du développement des camps, est exécuté à Moscou en 1938. Frenkel s'éteint en 1960 de mort naturelle, après avoir été récompensé à trois reprises de l'Ordre de Lénine.

L'après-midi, on se rend à Ola, à une trentaine de kilomètres de Magadan. Le village, si c'est bien le terme approprié, se compose de quelques dizaines d'immeubles, dans le genre de ceux où réside Antonina. Ola est connu dans la région parce que Natacha Nikolaïevna Khayoutina, la fille adoptive de Iejov (ses parents biologiques ont tous deux été fusillés à sa naissance), y a vécu de 1991 à sa mort, en 2015.

Nikolaï Ivanovitch Iejov fut l'un des pires instruments de la terreur stalinienne. Ce commissaire au peuple pour les affaires internes, qui a dirigé la Sécurité de l'État entre 1936 et 1938, autrement dit durant les grandes purges, a plusieurs centaines de milliers de morts sur la conscience. Ivrogne invétéré, aux comportements sadiques, Iejov était surnommé, au temps de son règne, « le nain sanguinaire » – il mesurait 1,57 m.

Pour se blanchir de ses crimes, dont Iejov devra endosser seul la responsabilité, Staline le fait exécuter en 1939. Sa fille, alors âgée de 7 ans, est jetée dans un « orphelinat spécial », où on lui ordonne d'oublier son patronyme. Là, ce ne sont que brimades, coups, mauvais traitements. Il s'agissait de lui faire payer les crimes de son père adoptif. Natacha tient bon. Elle apprend à jouer de l'accordéon, un instrument dont elle ne se séparera plus.

Malgré les consignes martelées durant son enfance, Natacha n'a jamais oublié ce père qu'elle aimait, et dont elle tentera d'obtenir la réhabilitation jusqu'à la fin de sa vie. Sans succès. Natacha n'en était pas moins consciente de ses crimes. Après la mort de Staline, quand le NKVD, qui a pris le nom de KGB en 1954, et qui ne cessera jamais de la surveiller, lui demande où elle veut s'installer, Natacha répond : « dans la Kolyma », par solidarité pour les victimes de son père.

Gennadi Chulgenko est âgé de 72 ans quand nous le rencontrons chez lui, à Ola. Un appartement typiquement soviétique, resté dans son jus. La barre HLM qui l'abrite est moins haute que celle d'Antonina, mais tout aussi délabrée. La fenêtre, dans la cuisine de son appartement, donne sur un parking et une aire de jeux désolés. Elle provoquerait chez moi des pulsions suicidaires si je devais les avoir chaque matin sous les yeux. Heureusement, Chulgenko n'est pas fait du même bois. C'est un homme enjoué, et même survolté, qui nous gave de schnaps et de pâtisseries aussi lourdes que le ciel de ce samedi crépusculaire, riant et parlant tout le temps.

Gennadi a grandi avec sa sœur jumelle dans un orphelinat, sans rien connaître de ses parents ni des conditions de leur naissance. Il savait seulement que leur patronyme était le même que celui d'une célèbre chanteuse et actrice : Klavdia Chulgenko. Enfant, Gennadi s'est imaginé qu'elle pouvait être sa mère. Il découpe sa photo dans un magazine pour la montrer à ses petits camarades, se vantant d'être le fils de la diva. Jusqu'au jour où sa véritable mère, qu'il n'a encore jamais vue, vient le chercher à l'orphelinat. Gennadi a 10 ans, et il est aux anges : sa mère ressemble beaucoup à la chanteuse dont il avait rêvé être le fils. Mais leur vie commune douche ses espoirs. La jeune femme a accouché d'un troisième enfant et se désintéresse de lui. Probablement parce qu'il lui rappelle les moments les plus sombres de son passé. Leur relation se met alors à dérailler. À l'adolescence, Gennadi quitte le foyer familial pour voler de ses propres ailes. Ce n'est que bien plus tard, dans les années 1990, qu'il comprend avoir été conçu dans un camp du Goulag : une connaissance croisée par hasard devant un arrêt de bus de Magadan lui a révélé la vraie nature de l'orphelinat dans lequel il a grandi. Pour en avoir le cœur net, il retrouve son acte de naissance. Le document frappé du tampon du NKVD confirme ses soupçons. Gennadi cherchera ensuite à savoir pourquoi sa mère a été condamnée au bagne. Il mène l'enquête auprès des rares membres de sa famille encore en vie. Une tante lui apprend que sa mère a été arrêtée à l'âge de 19 ans pour avoir enterré sous un arbre sa carte du Komsomol – les jeunesses communistes. Telle fut la raison de son arrestation et de son internement dans un camp – celui dans lequel Gennadi et sa sœur sont nés.

Après l'entretien, la conversation en russe bat son plein dans la cuisine, sans que l'équipe de tournage et moi n'y comprenions rien. Soudain, Gennadi se lève, et se met à entonner une chanson. L'homme a une belle voix et chante juste. La mélopée, que semblent connaître Asia et Victoria, me captive. Elle tourne en boucle dans ma tête après que nous nous sommes séparés de Gennadi Chulgenko pour rentrer à Magadan. Dans la voiture, je demande des explications à Asia.

– Il s'agit d'une célèbre chanson issue du répertoire du Goulag, *Vaninsky Port*. Elle est considérée comme l'hymne des Zeks de la Kolyma.

Nul ne sait précisément qui en est l'auteur. Seulement qu'elle a été composée entre 1945 et 1947. Asia m'apprend que le Goulag a produit une sous-culture musicale qui s'est répandue dans tous les pays de l'ex-URSS. En Russie, on connaît par cœur quelques-uns de ses standards.

De retour à l'hôtel, ma camarade déniche une version de la chanson sur Internet. Il en existe un grand nombre ; la mélodie et les paroles subissant d'une version à l'autre des variations qui la changent du tout au tout. Celle que me fait écouter Asia est magnifique et bouleversante. Elle est interprétée par les chanteurs populaires Vadim et Valeriy Mishchuk. Leurs voix rugueuses, aux intonations presque punk, se relaient dans l'enchaînement des couplets, seulement accompagnées d'une guitare et d'un accordéon. Je ne retiens des paroles que deux noms familiers : le « port de Vanino », duquel partaient les cargos de Dalstroï, et « Magadan », leur point de chute. Asia m'en fait la traduction. Bien que teintée de nostalgie, la mélodie est plutôt gaie. Le contrepoint apporté par les paroles lui confère un tragique inattendu qui renforce, par contraste, sa profondeur :

« Je me rappelle le port de Vanino
Et, des paquebots, le morose mugissement.
Comme nous montions, par la passerelle, à bord
Dans de froides et sombres cales.
Sur la mer descendait le brouillard,
Hurlaient, déchaînés, les éléments.
S'étendait devant nous, Magadan,
Capitale du pays de la Kolyma.

C'était un cri plaintif et non un chant,
Qui, de chaque poitrine, s'échappait.
Adieu pour toujours, Continent !
Le navire surchargé, râlait.
Les Zeks, tanguant, gémissant
Tels des frères s'embrassaient,
Et seulement parfois s'échappaient
Des bouches, de sourdes imprécations.

Sois maudite, toi, Kolyma,
Que l'on nomme la planète enchantée.
Tu deviendras fou, forcément,
D'ici, de retour il n'y a pas.

Cinq cents kilomètres alentour, c'est la taïga !
Dans cette taïga il n'y a que bêtes sauvages.
Les voitures ne vont pas par là-bas.
Se traînent, trébuchant, des élans.

Ici, la mort et le scorbut se sont liés d'amitié,
Les infirmeries sont pleines à craquer.
Inutilement pour ce printemps.
J'attends une réponse de mon aimée.
Je sais, tu ne m'attends pas,
Et mes lettres, tu ne les liras pas,
À ma rencontre, tu ne viendras pas,
Mais si tu viens, tu ne me reconnaîtras pas...

Quand nous rentrerons à Paris, Asia prendra contact avec les frères Mishchuk, qui interprètent cette version que j'aime tant. Ils nous donneront l'autorisation d'en disposer pour le documentaire, sans réclamer de droits d'auteur. Leur interprétation de *Vaninsky Port* sera la bande-son d'une séquence en archives qui retrace l'histoire de Magadan – des premiers débarquements sur la baie de Negaïev à l'érection de la capitale des Zeks.

Je ne me lasse jamais de revoir cette séquence, ni d'écouter *Vaninsky Port.* En plus d'être l'hymne des camps de la Kolyma, la chanson est devenue, de manière plus personnelle, celui de ma rencontre avec Varlam, dont je ne sais trop s'il en apprécie la mélodie, encore moins les paroles, bien qu'elles soient chantées dans sa langue natale.

Adieu ma femme, adieu ma mère !
Adieu à vous, mes bons enfants.
Assurément, il me faudra
Boire la coupe amère jusqu'à la lie,
Boire le fond de ce monde. »

28. Aéroports

Le lendemain en fin de matinée, nous prendrons un avion pour Moscou. On y passera la nuit, et nous repartirons le jour suivant par le premier vol à destination de Paris. Avant le départ à l'aéroport de Magadan, il faudra récupérer Varlam. Son passeport est en règle, un « vrai faux passeport » comme au temp de la guerre froide. Grâce à la complicité de clinique vétérinaire et des autorités locales, son carnet de vaccination a été complété, même si, en réalité, faute de temps, tous les vaccins nécessaires n'ont pu lui être administrés. La falsification est légère ; j'espère quand même qu'elle ne posera pas de problème à la douane.

En ce dimanche, il n'y a plus d'entretien à filmer, seulement des plans de la ville. La journée se passe agréablement, sous la neige qui s'est remise à tomber. Nous nous rendons devant la monumentale statue métallique de Lénine, sise au croisement des rues Gagarine et Kosmonavtov. Elle trône au milieu d'une place lugubre des confins de la ville construite dans les années 1970-1980, où se trouve également le bâtiment du FSB, ex-KGB. Initialement, la statue du père de la Révolution se trouvait à l'emplacement de la cathédrale de la Sainte-Trinité. On l'a été déplacée en 2010, quand a commencé la construction de l'église orthodoxe.

L'après-midi, nous faisons voler en rase-mottes le drone au-dessus d'un lac gelé, sans autorisation, ce qui est toujours un peu stressant, particulièrement en Russie. Malgré le froid, des riverains profitent de ce jour chômé pour pique-niquer sur les berges enneigées. Il y a partout des chiens et des enfants, des rires qui résonnent dans l'atmosphère glacée et nonchalante. Des 4 × 4 traversent le lac en roulant sur la banquise. Une manœuvre périlleuse, qui évite de le contourner par la route. Rouler en hiver sur les lacs et des fleuves est autorisé dans la région d'Oïmiakon. La glace y est aussi solide qu'un mur de béton. Ce n'est pas le cas ici. Peu après avoir quitté les abords du lac, nous apprendrons à la radio qu'un convoi de dix-huit voitures a fait céder la banquise. L'un des véhicules a plongé dans l'eau glacée. Aucun de ses passagers n'a survécu.

Nous cessons de filmer à la nuit tombante, et tirons profit de la fin d'après-midi pour nous relaxer et faire nos bagages. Je ne pense plus qu'à Varlam. J'ai hâte de le retrouver. Le long périple du retour qui nous attend, le matériel à trimballer, à faire passer d'une douane à l'autre en réglant les excédents, m'oppresse un peu. On devine que ce ne sera pas une promenade de santé. Il ne manquera que Varlam pour pimenter les choses.

Comme c'était à prévoir, l'embarquement depuis l'aéroport de Magadan a lieu dans un chaos sans nom. Le hall est bondé, la montagne de caisses et de bagages empilés sur nos chariots, surmontés de la cage dans laquelle Varlam tourne sur lui-même en attaquant le grillage avec toutes les armes dont il dispose, tombe régulièrement, et la préposée aux douanes, aussi sympa qu'une porte de prison, nous fait un tas d'histoires parce que tout est trop lourd, et le matériel de tournage pas aux normes. Personnellement, je ne comprends rien à ces normes. Je laisse lâchement Asia, d'un flegme remarquable, comme toujours, parlementer avec elle, pendant que Laurent court de guichet en guichet pour régler les excédents avec de l'argent qu'on n'a pas et que doit nous transférer en urgence la production depuis Paris – le tout au milieu d'une chaleur étouffante. Sous nos vêtements « grand froid », on sue à grosses gouttes, autant en raison de la chaleur que du stress. Bloqués à la douane, assis à l'écart sur des sièges en plastique, on observe impuissants les passagers nous passer devant, et défiler les minutes qui nous rapprochent du décollage de l'avion qu'on est sur le point de rater.

Et puis, soudain, comme par un coup de baguette magique, tout se débloque en même temps : les excédents sont réglés, la douanière accepte de nous laisser passer. Ces péripéties ayant chauffé à blanc mon humeur, je me prends la tête avec l'employé de la compagnie qui veut examiner la cage de Varlam. Elle ne convient certainement pas aux normes drastiques de ce pays hanté par des décennies de bureaucratie soviétique. Je me mets à lui gueuler dessus en anglais, avant de comprendre qu'il ne cherchait qu'à m'aider, en m'octroyant un siège supplémentaire à côté du mien pour que Varlam soit plus à son aise pendant le vol. J'ai fait de ce genre d'impair, de ces algarades injustes et inutiles, une sorte d'art de vivre que je passe le plus clair de mon temps à regretter.

Dans l'avion, Varlam se tient tranquille le temps du décollage. Puis il se remet à attaquer la cage de toutes ses forces. Comme il n'arrive à rien, il se rabat sur le petit tapis blanc que les vétérinaires ont installé sous ses pattes. Il s'acharne dessus pour en faire de la charpie. De petits morceaux du tapis déchiqueté volent un peu partout. Je le gronde en prenant une grosse voix, l'index menaçant. Il me fixe un peu inquiet de ses yeux ronds. Devant son air penaud, j'éclate de rire. Comme il a compris que le rire des humains ne représente aucune menace, Varlam poursuit son travail méthodique de destruction du petit tapis blanc.

– Il reste sept heures de vol jusqu'à Moscou, je fais remarquer à Asia. On devrait lui donner le somnifère.

Asia le force à ouvrir la gueule pour lui faire avaler le cachet fourni par la jeune vétérinaire. Il s'endort en quelques minutes.

La camionnette de Garik, le chauffeur arménien qui nous a conduits dans Moscou le mois dernier, nous attend à la sortie de l'aéroport Vnoukovo. Garik prend le volant au milieu d'une circulation extraordinairement dense. On doit rejoindre par le périphérique intérieur l'aéroport Cheremetievo, à l'opposé de la capitale. C'est de celui-là que nous prendrons le vol pour Paris le lendemain matin. Des chambres nous sont réservées dans l'hôtel qui se trouve en face.

Il nous faudra près de trois heures pour y parvenir, roulant pare-chocs contre pare-chocs. On décharge la camionnette à la nuit tombante devant l'hôtel - un building de verre avec un hall immense, qui ne doit pas être loin du cinq étoiles - avant d'y prendre nos quartiers. Ma chambre est des plus spacieuse, avec ses trois lits en enfilade dont je n'ai que faire. Je suis ravi de constater que la salle de bains qui sent le neuf dispose d'une baignoire. Asia m'a accompagné. Pendant qu'elle prépare une litière, j'ouvre la cage du chat qui, tout content, retrouve provisoirement la liberté. Asia ne lui laisse pas le temps d'en profiter, elle l'attrape, le cale sous son bras, et vient le déposer sur la litière. Sitôt ses besoins faits, Varlam est déchaîné. Il court partout dans la chambre, saute d'un lit à l'autre comme un cabri, en revenant vers nous de temps en temps pour faire le dos rond et réclamer des caresses, avant de repartir dans de joyeuses cabrioles. On doit malheureusement calmer sa joie ; l'équipe nous attend au restaurant du rez-de-chaussée. Réveil à 5 heures, pas le temps de lambiner.

On retrouve Laurent, Benjamin et Louis qui sont déjà attablés. Je commande une carbonara, histoire de me remettre dans le bain culinaire de l'Europe occidentale.

On est tous de bonne humeur, satisfaits d'avoir accompli notre mission. On commente les expériences partagées. Les mauvaises sont déjà de bons souvenirs, les bonnes restent bonnes. En prenant une voix gutturale, on s'essaie à dire quelques mots en russe (*pazhalusta ; kogda, khorosho, davaï !*), ce qui nous amuse beaucoup, et comme des collégiens en dernière heure de cours, on étouffe quelques fous rires.

Varlam est tout content de me voir revenir dans la chambre. Quand je sors du bain, il s'installe à côté de moi sur le lit. La lampe de chevet éteinte, il remonte le long de la couverture à pas de velours pour venir s'allonger en ronronnant, la tête sur l'oreiller et le postérieur sur mon crâne.

L'embarquement est prévu à 10 h 20. Nous sommes devant l'aéroport à 6 heures. Pendant que les employées en costume et calot verts inspectent le contenu de nos malles avec componction, Asia et moi nous rendons avec Varlam dans un petit bureau à l'écart du flux des passagers, pour présenter au jeune homme blond qui s'y ennuie ferme le passeport du chat, en espérant qu'il n'y trouvera rien à redire. Le jeune homme avise la photo en première page, feuillette d'un air blasé le carnet dûment rempli, tamponne mécaniquement une ou deux pages, puis nous tend le passeport en déclarant d'un ton morne que tout est en ordre et que Varlam pourra voyager à côté du siège qui m'est attribué, moyennant un supplément. Les contrôles effectués, nous nous retrouvons dans la salle d'embarquement, quand Sebaştian, le petit garçon d'Asia, âgé de 10 ans, nous rejoint. Il vient d'atterrir à Cheremetievo. Il a passé les vacances d'hiver chez sa grand-mère, à Novokouznetsk. La ville natale d'Asia, à l'autre bout de la Sibérie. Sebastian rentrera à Paris par le même vol Aeroflot que nous. Varlam l'intrigue beaucoup, il aimerait le caresser, mais sa mère le tient à l'écart, lui conseillant de ne pas s'approcher de trop près. Comme Sasha, il fait de l'asthme et il est sévèrement allergique aux chats.

L'équipe est répartie aux quatre coins de l'appareil. Je me retrouve tout au fond avec Varlam. Nous sommes seuls à occuper le dernier rang, ce qui me permettra de m'allonger et de dormir pendant le vol. À peine avons-nous décollé que le chat recommence à attaquer les barreaux de sa cage. Sa rage est telle que je me retrouve en panique, d'abord parce qu'il risque de gêner les autres passagers, ensuite parce qu'il me fait pitié. Je n'ai plus de cachet pour le faire dormir. De guerre lasse, je le libère, et il vient aussitôt se blottir sur mes genoux, restant là sans bouger quelques minutes, le temps qu'une hôtesse vienne se planter devant moi pour me demander en russe de le replacer immédiatement dans la cage. Comme je fais mine de ne pas comprendre, elle traduit son laïus en anglais. Je hausse les épaules, laissant entendre que je n'y comprends rien. L'hôtesse me dévisage d'un œil sévère, convaincue que je me fiche d'elle, et attend les bras croisés que j'obtempère, ce que je finis par faire. À peine est-elle partie que Varlam recommence son cirque en émettant de petits grognements. Je parcours les allées du regard. Personne en vue. L'hôtesse a disparu. J'ouvre de nouveau sa cage. Le chat en sort prudemment.

Je m'allonge alors sur les quatre sièges de la rangée, je l'attrape et le coince contre mon flanc, ni vu ni connu. Depuis l'allée, il est à peine visible. Je ferme les yeux. Varlam aussi. Au bout d'un moment, je sens la présence de l'hôtesse à côté de moi. Je fais l'effort de ne pas ouvrir les yeux, feignant un sommeil profond. La jeune femme lâche un soupir avant de s'éloigner. Varlam et moi avons remporté la partie. Nous finissons par nous endormir l'un contre l'autre. Après un peu moins de quatre heures de vol, l'avion atterrit à Roissy-Charles-de-Gaulle.

29. Les derniers camps

Sa tristesse, Varlam l'a gardée au fond de lui longtemps après son installation à Paris.

Les premières nuits, parce qu'il n'était pas propre, mon épouse et moi l'avions enfermé dans le salon. Le museau collé à la porte, il pleurait toute la nuit. C'étaient des gémissements, de petits cris aigus et déchirants qui ressemblaient aux pleurs d'un nouveau-né. Nous les entendions depuis la chambre à coucher et je devais me faire violence pour les ignorer. Le matin, en ouvrant la porte du salon, je constatais avec désarroi qu'il avait passé ses nerfs sur une feuille de papier ou sur un bout de pain que je retrouvais en mille morceaux sur le parquet.

Quelques semaines plus tard, alors que j'avais renoncé à l'enfermer pendant la nuit, il pouvait demeurer des heures entières allongé sur la couette dans la position du Sphinx, à fixer l'horizon, ou plutôt un point imaginaire situé bien au-delà du mur de la chambre. Je me demandais alors s'il n'avait pas la nostalgie de son pays natal, s'il ne voyait pas défiler devant ses yeux hallucinés le souvenir des plaines enneigées de l'Oïmiakon, le bleu profond de ses ciels sans fin, les denses forêts de mélèzes, le froid terrible dont il avait par miracle réchappé. L'observer dans ces moments-là me faisait monter les larmes aux yeux. Était-ce une projection de ma part ? Un excès d'anthropomorphisme ? Sa tristesse était bien réelle, presque palpable. Elle n'avait plus la couleur désespérée, éteinte et aphasique de la traversée sibérienne, mais celle plus feutrée, opaque et inconsolable, de la mélancolie.

À peine débarqué de Russie, je l'avais emmené chez le vétérinaire pour régulariser sa situation. On lui avait fait les vaccins nécessaires, et on lui avait inoculé une puce électronique. La veille, il s'était soudain mis à hurler comme un loup, vraisemblablement en quête d'une femelle avec laquelle s'accoupler. Je m'en étais ouvert au vétérinaire qui m'avait conseillé de le faire castrer, assurant que ses urines sentiraient moins fort, que ce serait mieux aussi pour sa tranquillité et pour sa santé, comme l'avait dit la vétérinaire de Magadan.

Quelques jours après la castration, je déjeune avec Nicolas Jallot, un camarade documentariste, place du Marché-Sainte-Catherine, au cœur du Marais. Je lui raconte notre périple sibérien, l'angle particulier du documentaire qui sera consacré à l'histoire du Goulag, mais aussi à la région incroyable que nous avons traversée. J'ai prévu de le conclure par le témoignage d'Antonina, la dernière Zek de Magadan, et la libération des camps, en 1956.

– Tu n'as pas pensé à interviewer Nikita Krivochéine ? demande Jallot.

– Qui est-ce ?

– Je l'ai interviewé il y a quelques années. Son père était un Russe blanc qui a fui la révolution bolchevique. Il a grandi à Paris, et quand il est parti en Russie, Nikita a été arrêté et déporté. En 1957 ou 59.

– Tu es sûr ? Cela me semble tardif... Les camps ont fermé leurs portes en 1956.

– Oui, c'était après la liquidation du Goulag.

– Il parle français ?

– Couramment, il était traducteur-interprète avant de prendre sa retraite. Je te donnerai ses coordonnées, tu peux l'appeler de ma part.

La production accepte d'ajouter un dernier entretien à la récolte effectuée en Russie, si bien qu'à peine une semaine après notre retour à Paris, nous sommes sur le seuil de l'appartement de Nikita Krivochéine, dans le 13e arrondissement. Laurent étant parti sur un autre tournage, Florence, une excellente chef-opératrice avec qui j'ai déjà travaillé, l'a remplacé au pied levé. C'est l'épouse de Nikita, Xénia, russe également, qui nous fait entrer sous les aboiements d'un yorkshire craintif et déchaîné que sa maîtresse, de guerre lasse, finit par enfermer dans la chambre. L'appartement est une parfaite synthèse franco-russe : l'intérieur, typiquement haussmannien, est couvert de ces icônes aux couleurs vives qu'on rencontre partout dans le monde orthodoxe.

Âgé de 85 ans, charismatique et encore bel homme, Nikita s'exprime dans un français parfait que trahit à peine une pointe d'accent aux inflexions suaves. On s'installe au salon. Asia prend place en face de lui.

Nikita est né en 1934 à Paris où sa famille s'est installée après avoir fui la révolution bolchevique. Il se souvient très bien de la Libération de Paris, alors qu'il avait 10 ans, et que son père, Igor, engagé dans la Résistance française, était interné au camp de Dachau. Après sa libération, Igor ne cessera de rêver à un retour au pays natal. Malgré l'URSS, malgré son ascendance aristocratique – celle d'une lignée attachée à la famille des tsars. À la fin de la décennie, Igor obtient la garantie qu'il peut rentrer en Russie sans craindre la répression, si bien qu'en 1948, il embarque à destination d'Odessa, avec femme et enfant, sur le paquebot *Rossiya*. Sous le IIIe Reich, ce navire allemand « soviétisé » portait le nom *Adolf Hitler*. Dès leur arrivée, c'est la douche froide :

– On se préparait aux célébrations du 1er mai. Les groupes de rapatriés qui étaient à bord de notre navire ont été emmenés dans un camion flanqué d'une escorte jusqu'à un camp de transit, à 16 kilomètres d'Odessa, où il y avait des miradors et tout ce qu'on peut imaginer. On y a passé trois semaines. Après cela, on nous a fait monter dans des wagons à bestiaux. Nous étions 40, là-dedans, avec huit chevaux. Nous avons voyagé pendant deux semaines, enfermés dans ce wagon, presque sans nourriture, jusqu'à l'horrible ville stalinienne d'Oulianovsk. S'il était possible de placer l'enfer sur une carte géographique, c'est à Oulianovsk que je le situerais !

Igor est arrêté le 20 septembre 1949, au titre de l'article 584 du Code pénal pour « collaboration avec la bourgeoisie internationale ». Qu'il ait travaillé pour le contre-espionnage britannique pendant la guerre n'arrange rien ; il est condamné à dix ans de bagne. D'Oulianovsk, on le conduit à la Loubianka, le sinistre centre du KGB, où il passe plus d'un an en détention, avant d'être affecté à une *charanchka*, un laboratoire-prison, non loin de Moscou. Igor y croisera Soljenitsyne et Dimitri Panine, l'auteur du *Premier cercle*. Il sera ensuite déporté au camp de Taïchet, dans l'oblast d'Irkoutsk.

En 1956, les chars soviétiques écrasent l'insurrection de Budapest dans le sang. Les Hongrois réclamaient l'indépendance et la démocratie. Leurs espoirs sont balayés par les chars du Pacte de Varsovie venus en nombre « rétablir l'ordre ». La pacification se fait dans le chaos et le sang. L'émoi du « monde libre » est général, les condamnations unanimes. Depuis Moscou, Nikita écrit une tribune qui dénonce le coup de force du Kremlin. Elle est publiée dans les pages du quotidien *Le Monde*, ce qui lui vaut, sans qu'il le sache encore, de se retrouver dans le viseur des services de répression soviétique. Quelques semaines après la publication de sa tribune, Nikita se rend au cimetière Donskoï où il a donné rendez-vous à un ami français.

– À peine deux minutes après que j'ai retrouvé mon ami, quatre hommes vêtus de vestes de travail ouatées se jettent sur moi en criant : « Cet homme est un criminel ! La sécurité d'État est à sa recherche ! »

Nikita est embarqué *manu militari* dans une voiture, direction les geôles de la Loubianka. Il y restera huit mois.

– C'était épouvantable. On pouvait passer des semaines entières sans rencontrer âme qui vive.

La solitude accroît sa mémoire sensorielle, de sorte que les seuls souvenirs qu'il en garde sont ceux que son corps a enregistrés :

– Je me rappelle le tintement de la tour Spasskaïa, pendant les promenades sur le toit, le claquement de langue et le cliquetis des clefs de nos geôliers, quand on passait devant eux dans les couloirs ou dans les escaliers, les carillons du Kremlin tout proche, les corbeaux et les pigeons qui venaient se poser sur le rebord des fenêtres. Depuis cette période, je ne supporte plus le chant des oiseaux.

Alors même que Khrouchtchev a officiellement mis fin au régime des camps spéciaux, Nikita est envoyé au Goulag. Il avait 23 ans.

– Dans les baraquements, nous étions parfois 30, parfois 100. Le plus dur, c'était la promiscuité : l'absence absolue de plus de vingt secondes de solitude. On peut comparer cela à de la torture... La journée de travail (huit heures par jour) était encadrée. Il fallait scier du bois, charger, décharger... Chaque jour, il fallait porter des sacs de 100 kg. Mon dos en souffre encore.

Nikita a passé une année dans les camps de Sosnovka, à 850 km à l'est de Moscou. Il se dit privilégié, du fait des conditions « relativement convenables » de sa détention. Il y avait eu le XXe congrès du PCUS, au cours duquel Khrouchtchev avait dénoncé les crimes de Staline, et l'annonce de la libération des camps. Si bien qu'au cours des mois qui ont suivi, les conditions de vie au Goulag étaient moins drastiques et mortifères que celles qu'avaient connues Chalamov et ses semblables :

– On pouvait recevoir des colis tous les deux mois. On touchait un petit salaire. La correspondance, bien qu'examinée et passée au crible de la censure, était autorisée. J'ai pu bénéficier du kiosque qui nous permettait d'acheter des produits de première nécessité, comme du sucre. Mais ce bonheur relatif a rapidement cessé. Les kiosques et la cantine ont fermé, les colis ont été interdits, les rations limitées. Dans les camps aux « régimes spéciaux », les numéros de matricule et les tenues rayées ont réapparu. J'ai été libéré en 1957. Je me souviens que, dans le train qui me ramenait à Moscou, des haut-parleurs placés dans le wagon diffusaient le discours qu'au même moment, Khrouchtchev prononçait en Inde, à l'occasion d'un voyage officiel. Il disait – je le cite littéralement – : « Il n'y a plus aucun prisonnier politique en URSS. » Or, entre 1958 et 1959 eut lieu une campagne méconnue, oubliée, au cours de laquelle les camps se sont remplis de 10 000 personnes. On est loin de la période stalinienne et de ses 10 millions de prisonniers, mais tout de même… En réalité, les camps du Goulag, même s'ils ont changé de nom, n'ont jamais disparu. D'un point de vue structurel, l'Administration centrale des camps du ministère des Affaires intérieures a poursuivi son existence, comme auparavant.

Nikita Krivochéine ne rentrera en France qu'en 1971, grâce à l'intervention personnelle du président Pompidou. Il n'en partira plus. En 1956, le Goulag est remplacé par le Gouitik – ou Direction principale des colonies pénitentiaires. Quatre ans plus tard, 2,3 millions de prisonniers sont libérés, et près de 80 000 personnes réhabilitées. L'article 58, au titre duquel les personnes suspectées d'« activités contre-révolutionnaires » étaient condamnées et déportées dans les camps, est aboli. Il est remplacé par l'article 70, qui fait de la « propagande et de l'activité antisoviétiques » un crime d'État. Dans les années 1970, 10 000 prisonniers politiques sont toujours incarcérés. Le dernier camp, celui de Perm-36, dans l'Oural, ne fermera qu'en 1988. Le système concentrationnaire a perduré jusqu'à la chute de l'Union soviétique.

30. Le chat sur un toit brûlant

C'était pour moi une période tourmentée et lugubre. Après une énième dispute, cette fois irréparable, ma femme m'avait quitté. Varlam et moi nous retrouvions seuls à l'appartement, et je dus faire face à de nouvelles complications. Quand je m'apprêtais à sortir, il s'asseyait de manière à la fois discrète et théâtrale sur le parquet du salon, la tête à moitié cachée par l'encadrement de la porte, en me fixant de ses grands yeux désemparés, l'air de dire : « Tu ne peux pas me faire ça ! » Parce qu'il avait déjà vécu l'abandon, il devait penser que, une fois passé la porte, je disparaîtrais pour toujours. Varlam avait mis des semaines à comprendre l'usage de la litière. Il avait fini par s'y faire, mais seulement quand je me trouvais avec lui dans l'appartement. Quand je n'étais pas là, il ne parvenait pas à se retenir et urinait partout. Or, le montage de notre film sur le Goulag ayant débuté, il devait rester seul toute la journée. L'odeur de ses urines me prenait à la gorge quand je rentrais chez moi. Le gronder n'aurait servi à rien. Je me contentais de passer la serpillière en pestant pendant qu'il m'observait avec une sorte de curiosité embarrassée. Comme je n'en pouvais plus d'astiquer le sol tous les soirs, je cédai à son caprice et l'emmenai avec moi en salle de montage. Son comportement s'y révéla irréprochable. Il restait sagement allongé sur mes genoux, ou s'installait sous la table de montage, mordillant de temps à autre les orteils d'Yvan, le monteur.

Il y eut d'autres conséquences à ses traumatismes. Un herpès à l'œil, qui nécessita des traitements à base de pommade et d'antidépresseurs, puis des crises intempestives et terrifiantes. La première avait duré plusieurs jours. Secoué par des convulsions irrépressibles, le chat semblait ne plus avoir aucune maîtrise de son corps. Son dos s'affaissait, des crevasses se formaient sous sa peau. Puis il partait comme une flèche, les yeux ronds, en poussant de petits cris de douleur. Il s'arrêtait de manière tout aussi soudaine, se léchant frénétiquement, avant de sauter, en désespoir de cause, sur mes genoux pour que je l'apaise. Il fallait alors lui parler tout bas en le caressant, et la crise finissait par passer. Je l'emmenai chez le vétérinaire. Il y resta plusieurs jours en observation, le temps de lui faire passer une batterie d'examens. On lui diagnostiqua une hyperesthésie épileptique – l'épilepsie du chat. Varlam devrait prendre des gélules de phénobarbital deux fois par jour, jusqu'à la fin de sa vie.

Nous avions fini le montage du documentaire, et l'été – un été caniculaire – était là. Un choc thermique pour ce petit chat sibérien. Nous y résistions comme nous pouvions, la plupart du temps enfermés dans l'appartement, le ventilateur à fond. En fin de journée, s'il y avait un peu d'air, nous descendions sur les quais de Seine nous promener parmi la foule des Parisiens en instance de départ et des touristes, étonnés et ravis de voir un chat en laisse.

Je m'étais fait surprendre par la parenthèse estivale ; mes amis avaient mis les voiles, ma séparation me plongeait dans une forme de léthargie dont j'avais du mal à me sortir. Les jours passaient, monotones et déjà colorés de nostalgie. Pour échapper à mon inertie, je décidai de louer une maison de campagne, pas trop loin de Paris, et nous partîmes, Varlam et moi, y passer une dizaine de jours.

À seulement 14 kilomètres de la capitale, nichée au fond d'un lotissement de Verrières-le-Buisson, la bourgade où résida André Malraux, c'était une maison à l'architecture singulière, érigée au milieu d'un vaste terrain. Les baies vitrées coulissantes du salon donnaient sur la pelouse en pente bordée d'arbustes qui, passé la piscine inutilisable en raison de l'odeur pestilentielle qui s'en dégageait, se rétrécissait autour d'un petit étang à l'abandon, dans lequel survivaient péniblement quelques rares poissons. L'aspect extérieur de la villa était assez grandiose. Mais à y regarder de plus près, tout, de la cuisine aux volets mécaniques, était d'une propreté douteuse, couvert d'une pellicule de graisse, ou tout bonnement déglingué, hors d'usage. Elle appartenait à un vieux monsieur, passionné d'aviation (les murs étaient couverts de maquettes d'avions suspendues, de pièces détachées de planeurs ou d'emblèmes de compagnies d'aviation), qui la louait à un prix exorbitant.

Je trouvai dans la remise un tendeur d'une trentaine de mètres que je fixai à la laisse de Varlam pour qu'il puisse se promener librement dans le jardin. À peine l'avais-je déposé sur le gazon qu'il se transforma. Il se mit à renifler chaque fleur, à avaler pâquerettes et brins d'herbe, à scruter pendant de longues minutes les insectes qui vibrionnaient autour de lui. Alors que j'essayais de l'éloigner d'un nid de frelons, il me gratifia d'un coup de patte et me griffa. Il n'avait jamais eu un tel mouvement d'humeur auparavant. J'en fus tout autant surpris que vexé. Depuis que je l'avais trouvé dans la taïga, c'était la première fois qu'il se confrontait à la nature. Varlam était comme envoûté. Il demeura dans cet état second un bon moment, m'ignorant plus ou moins, sauf quand il s'agissait de réclamer des croquettes. Puis il se lassa. Au bout de deux jours, sortir dans le jardin ne l'intéressait plus. La nature semblait l'intimider désormais, et même lui faire peur.

Peu de temps avant notre départ, j'avais rencontré par une amie un jeune éditeur de *L'école des loisirs*, une maison spécialisée dans les ouvrages pour la jeunesse. Je lui avais raconté l'histoire de Varlam, suggérant que cela pourrait faire un joli conte. Enthousiasmé par cette idée, l'éditeur me proposa de l'écrire. Je m'engageai à rendre un manuscrit au début du mois de septembre. C'était le programme de nos vacances : je disposais d'une dizaine de jours pour écrire une centaine de pages. Dans l'entrée, il y avait une grande table de bureau en chêne. Il était agréable d'y écrire. Je me levais tôt, et travaillais une bonne partie de la journée. Varlam dormait allongé de tout son long sur le bureau, à côté de l'ordinateur. Dans mon récit, il était le narrateur de ses aventures. J'imaginai ce qui avait pu lui arriver avant son sauvetage, d'après certains indices apparents (les oreilles cassées, l'odeur de poisson, les griffures sur son pelage hirsute), mais aussi qu'il était né et qu'il avait grandi chez les Evenks, cette tribu fascinante, la seule capable de vivre dans une contrée aussi désolée par -50 °C. Mon intention était en partie éducative : donner à connaître aux jeunes lecteurs les us et coutumes de ce peuple qui élève des rennes depuis la nuit des temps, croit dans les esprits de la nature, et se laisse diriger par des femmes, suivant les lois ancestrales du matriarcat et des croyances chamaniques. À partir du moment de notre rencontre, je reconstituai scrupuleusement, à travers les yeux de ce petit chat au vocabulaire enfantin, les événements qui l'avaient conduit à emménager à Paris avec moi. Les heures passaient vite quand j'écrivais. Le reste du temps, je m'ennuyais souverainement.

Dans l'ensemble, Varlam était sage, mais quand, de plus en plus rarement, il m'accompagnait dans le jardin, le harnais attaché au tendeur, lui-même fixé au pied d'une chaise, il cumulait les bêtises : grimper dans un arbre, perdre l'équilibre et tomber dans l'étang ; se défaire de son harnais pour se glisser dans un trou de la clôture et s'enfuir dans la forêt – moi, courant à ses trousses, lui, essayant de m'échapper, pensant qu'il s'agissait du jeu de cache-cache qu'il affectionnait à Paris. J'en eus des sueurs froides, d'autant plus qu'on entendait, tout près, les premiers coups de feu suivant l'ouverture de la chasse.

Un matin, alors que j'étais sorti pour écrire au soleil, il s'était glissé à l'extérieur sans que je m'en rende compte. Depuis la terrasse, il avait sauté sur l'une des poutres qui formaient un entrelacs compliqué montant jusqu'au toit, qu'il avait gravi. Du balcon, il avait sauté sur le toit en pente raide et l'avait escaladé prudemment. L'apercevant au milieu de son ascension, je l'avais appelé et houspillé. Il avait feint de ne pas m'entendre, et avait poursuivi, comme si de rien n'était. Sauf qu'une fois au sommet, hors d'atteinte, il s'était rendu compte que le jeu n'en valait pas la chandelle. Il avait alors cherché le moyen de redescendre, regardant de tous côtés, risquant une patte à droite sur la pente d'ardoises, puis à gauche, avant de se rétracter, et de faire machine arrière pour se fixer sur la crête du toit, le seul endroit stable et sûr. Il s'y était allongé, et avait attendu sans bouger.

J'étais fou de rage. Je pestais comme un charretier sans savoir quoi faire. Je ne voulais pas non plus risquer de me casser le cou. Je suis entré dans le garage où j'avais dégotté le tendeur. C'était un invraisemblable bric-à-brac. Le propriétaire, féru d'artisanat, consacrait son temps libre à fabriquer des meubles à partir de matériaux de récupération. J'ai mis un certain temps avant de trouver l'échelle télescopique au milieu du foutoir. Je l'ai dégagée des encombrants, sortie du garage, et je l'ai apposée contre la façade. Elle était longue, mais pas suffisamment pour atteindre le toit. J'ai pris mon courage à deux mains, et j'ai fait comme Varlam : prenant appui sur la dernière marche, j'ai fait un bond jusqu'au sommet. Il faisait très chaud, et les tuiles du toit étaient en train de bouillir. J'ai rampé dessus en me brûlant les mains. Allongé au soleil, Varlam m'observait d'un œil distrait. Il n'avait pas l'air inquiet le moins du monde. Je me suis assis à côté de lui, et on est restés là un moment, le temps de retrouver mon souffle et d'envisager le *modus operandi* de la descente. Elle s'est révélée bien laborieuse, mais nous avons fini par retrouver le plancher des vaches, tous deux sains et saufs.

Le dernier jour de notre escapade est arrivé. J'étais content de moi : la rédaction du conte était achevée. Il y avait de la drôlerie, de l'invention, de l'émotion, des passages satiriques, d'autres qui donnaient à découvrir la Iakoutie, ses habitants, son histoire, sa désolation et sa beauté. Des personnages attachants.

De retour à Paris, j'envoyai le manuscrit au jeune éditeur qui me répondit presque immédiatement en des termes élogieux. Je me souviens de cette phrase qui concluait son mail : « Il n'y a pas une virgule à changer. »

31. La fugue

À Paris, je décidai que Varlam avait besoin de rester en contact avec la nature, et je l'emmenai dans un petit jardin public qui se trouve derrière chez moi. À part un clochard effondré sur un banc qui marmonnait, tête baissée, des propos incohérents, il n'y avait personne. Je fis sortir Varlam de son sac et l'accompagnai sur le bout de pelouse, le tenant fermement en laisse. Comme à Verrières-le-Buisson, il entreprit de humer la moindre odeur et de mâcher quelques brins d'herbe, en se déplaçant lentement d'un point à un autre. Je le suivais au gré de son inspiration. Tout autour, il y avait des immeubles, bordés d'arbustes et de plantes. Varlam voulait aller y voir, mais je ne le laissai pas faire. La végétation y était trop dense. Au bout d'une demi-heure environ, lassé de le suivre à petits pas, je jugeai qu'il était temps de rentrer. Comme s'il avait lu mes pensées, Varlam passa les grilles de sa démarche chaloupée, toujours tenu en laisse, et sortit sur la contre-allée. Puis il s'arrêta, intrigué par un couple de pigeons qui pavanait devant lui. Quand ils aperçurent le petit prédateur, les volatiles prirent peur et s'envolèrent dans un fracas de plumes et de battements d'ailes. Prenant peur à son tour, le chat se mit à courir comme un dératé en sens inverse pour rentrer dans le jardin public à la vitesse de l'éclair. La laisse m'échappa. Je me mis à courir derrière lui mais il était trop rapide. Il était déjà hors de ma vue quand je pénétrai à mon tour dans le jardin, le souffle coupé. Le clochard avait disparu. Varlam aussi. Une jeune femme à sa fenêtre m'apostropha en criant qu'elle l'avait vu se carapater dans la masse des arbustes au pied de l'immeuble d'en face. Or, précisément à cet endroit, il y avait une ouverture donnant sur la ruelle. Il était facile pour un chat de sa taille de se glisser entre les barreaux métalliques, et de s'enfuir. Une enclume s'abattit sur mes épaules. Je passai le jardin au peigne fin, mais ne le trouvai nulle part. Au bord des larmes, je m'effondrai sur le banc occupé naguère par le clochard. Je devais me rendre à l'évidence. J'appelai ma mère, puis Asia, pour leur dire que j'avais perdu Varlam. Cela n'était d'aucune utilité, mais j'avais besoin de le faire savoir. Elles me rassurèrent du mieux qu'elles purent. Je sentais bien qu'elles étaient aussi inquiètes et démunies que moi. Je me maudissais d'avoir écrit ce conte. Cela nous avait porté malheur. De quoi aurais-je l'air quand le texte serait publié, après avoir perdu son héros ?

J'étais dans tous mes états quand deux policiers, un homme et une femme, passèrent devant les grilles. Je leur lançai un « s'il vous plaît ! » désespéré, qui les arrêta net. L'œil mi-étonné, mi-suspicieux, ils pénétrèrent dans le jardin pour me demander ce qu'il se passait. Je leur expliquai avoir perdu mon chat, et les suppliai de m'aider à le retrouver.

C'était la dernière chance. Le jour commençait à tomber, et le square fermerait bientôt. Ils ronchonnèrent un peu, mais devant mon visage décomposé, n'eurent pas le cœur de refuser. Ils se lancèrent avec moi dans une battue ridicule, vu la surface tout aussi ridicule du jardin public. Mon angoisse devait être communicative, car malgré le côté bourru des policiers – surtout la femme –, ils se prirent au jeu, et semblaient maintenant aussi déterminés que moi à mettre la main sur Varlam. Au bout d'une demi-heure de recherches infructueuses, à 19 h 55 précisément, ils déclarèrent, le visage contrit, qu'il était trop tard : l'heure était venue de fermer les grilles et de décamper. Je leur demandai de m'autoriser à faire une dernière fois le tour du square. Je m'enfonçais dans les fourrés proches de la ruelle adjacente où j'étais déjà passé mille fois et où la femme avait vu disparaître Varlam depuis sa fenêtre, quand j'entendis son petit cri aigu, reconnaissable entre mille. Assis derrière deux plantes, dissimulé sous leurs grandes feuilles, Varlam me regardait sans bouger, les yeux écarquillés et apeurés. Je n'en revenais pas de l'avoir retrouvé. Les policiers furent tout surpris quand je me tournai vers eux avec le chat dans les bras. Je les remerciai plusieurs fois avant de claquer une bise à la policière qui en fut plus surprise encore mais ne se fâcha pas, et de serrer la main au type. Ils donnèrent une caresse à Varlam, me conseillant de faire plus attention la prochaine fois. Quelques jours après cette mésaventure, j'apprenais que l'éditeur avait finalement renoncé à publier mon texte, qui n'était plus aussi impeccable que dans son mail.

32. La résurrection du « crevard »

Asia avait dû déménager à l'autre bout de la France pour scolariser son fils, victime de harcèlement scolaire, dans un établissement spécialisé de Bordeaux.

Les souvenirs de la Sibérie et des camps nous collaient à la peau. Nous ne cessions d'en discuter alors que le montage du documentaire était achevé, nous attendions sa diffusion.

Au cours de nos discussions, nous avons tous deux constaté à quel point il est difficile de transmettre la réalité du Goulag. N'ayant fait que l'effleurer, nous n'en avons pas moins saisi comme peu d'observateurs, je pense, la nature et la cruauté. Une cruauté qui tient au système des camps lui-même, à ses mœurs, à sa violence, au travail de forçat qui assèche l'âme et détruit les corps, mais plus encore à la rigueur du climat des régions terribles et invivables que nous avons traversées. Quand nous en parlons autour de nous, l'incompréhension qu'on rencontre partout ne cesse de nous surprendre. La comparaison avec le camp d'extermination nazi, avec

Auschwitz-Birkenau, est presque inévitable. Elle est bien naturelle – les anciens Zeks furent les premiers à y souscrire. Pour Nikita Krivochéine, le Goulag était pire que le camp nazi, parce qu'il concernait tout un chacun, sans distinction de classe, de religion, ou d'opinion. « Quand on était juif sous le nazisme, m'a-t-il dit lors de notre rencontre, on savait à quoi s'en tenir. On avait automatiquement une cible dans le dos, et on était condamné à une mort certaine si on se faisait attraper. Alors que le Goulag pouvait frapper et faire disparaître n'importe qui, du jour au lendemain. Que vous soyez un communiste convaincu, et même un proche de Staline, n'était en rien une garantie. » Au moindre caprice du pouvoir, ou simplement pour répondre aux quotas et aux besoins en main-d'œuvre, vous pouviez être arrêté et déporté. L'arbitraire était la clef du système, le lieu même de la terreur qu'il inspirait. Varlam Chalamov ne dit pas autre chose dans la longue dissertation comparative qui conclut ses *Récits de la Kolyma*. Mais en cédant à la comparaison avec Auschwitz, Chalamov, de même que Krivochéine, se trompe.

Le camp stalinien n'avait ni pour fonction ni pour objectif de faire disparaître une population entière. Il ne contenait pas de programme génocidaire, il ne s'agissait pas d'« exterminer » les individus ; on avait trop besoin de leur force de travail. Malgré l'inhumanité de son système concentrationnaire, le Goulag était avant tout une entreprise d'expansion territoriale. Les gens y souffraient et y mouraient, mais c'était en quelque sorte une contingence, un effet admis par le pouvoir, non nécessairement désiré. On a tendance à en surévaluer la létalité parce que le Goulag est contemporain des purges et de la Grande terreur qui, pour le coup, furent bien des campagnes d'extermination, des meurtres de masse ciblant tout ce que le Kremlin considérait – définition élastique s'il en est – comme des « ennemis de l'État ». Mais ce sont là deux volets de la répression stalinienne, certes concomitants, qui s'emboîtent l'un dans l'autre, sans qu'ils soient pour autant de même nature. Dès lors, on comprendra mieux le discours qui pourrait paraître complaisant d'un Panikarov, ou cette surprenante réflexion d'Antonina, la rescapée de Magadan, qui déclarait qu'« au camp, il y avait du bon et du mauvais ». Pourrait-on dire pareille chose du camp de la mort nazi, où le travail était un procédé de mise à mort, non une finalité ? Les camps de Staline n'avaient pas cette ambition.

En réalité, dans le contexte russe, le Goulag poursuit une tradition séculaire, qui préexistait à la construction de l'Union soviétique. Lénine, puis Staline, sur les conseils de Félix Dzerjinski, l'artisan de la « Terreur rouge », ne firent que développer et réorienter les bagnes de l'époque tsariste. Les travaux forcés, les conditions de détention, y étaient tout aussi durs et déshumanisants, le taux de mortalité comparable. Des pages de *Souvenirs de la maison des morts* de Dostoïevski, qui fut lui-même interné plusieurs années dans un bagne de Sibérie au milieu du XIXe siècle, pourraient avoir été écrites par Chalamov. Rien n'a fondamentalement changé, sinon l'entreprise coloniale qui sous-tend le camp stalinien, ou son vernis idéologique : la rééducation par le travail et la claustration d'éléments considérés comme « nocifs » par le Pouvoir central, réification d'un *Homo sovieticus* dont Staline et ses sbires se sont échinés, par l'idéologie et la terreur, à se convaincre de la pertinence. À mon sens, le seul vrai point de comparaison avec Auschwitz-Birkenau, notamment à travers la figure du « crevard » – ou *dokhodiaga* –, cet individu dénutri, à l'instar du *musulman* d'Auschwitz, c'est la déshumanisation.

Mais il est aussi arrivé que le « crevard » revienne par miracle à la vie, qu'il soit sauvé grâce à des hasards inexplicables par une main secourable tendue pour le tirer de l'abîme. Tel fut le destin de Varlam Chalamov au Goulag. Tel sera celui de son homonyme ; ce *dokhodiaga* à fourrure, sauvé *in extremis* de la mort. Et c'est à Paris, après bien des tourments et des complications que, lentement, à force de patience et de soins, le petit « crevard » revenu de l'enfer a accompli sa résurrection.

Je l'ai constaté : nul ne peut résister, pourvu qu'il aime les animaux, à la bouille de Varlam. Je ne me souviens pas l'avoir embrassé pendant tout le temps qu'a duré le tournage en Sibérie. On était pris par le temps, je n'avais pas la tête à ça. J'étais aussi sur la réserve à cause de son caractère apathique, et parce que ce chat n'était pas le mien. Je n'ai commencé à lui faire des bisous qu'en rentrant à Paris. Chaque fois, il avait un brusque mouvement de recul. Puis, il me dévisageait, interloqué. Il ignorait ce que ça signifiait.

On n'avait pas dû lui en faire dans sa vie d'avant. Quand il a compris qu'il s'agissait d'une marque d'affection – cela a pris un peu de temps –, il s'est mis à me mordiller le bout du nez. C'était sa manière à lui de me rendre la pareille, j'imagine. Cela lui a passé. Désormais il ferme les yeux, comme la plupart des chats. Les mordillements étant à présent réservés aux phases de jeu quotidiennes.

Quand il a emménagé chez moi, j'avais encore en mémoire l'épisode des chaussettes, à Tomtor, que j'agitais sans succès devant son museau pour l'inciter au jeu. Je n'aurais pas pu imaginer à ce moment-là le chat joueur qu'il est devenu. Toujours partant pour une session de foot ou de tennis (c'est un admirable gardien de buts et un bon smasheur), de cache-cache, ou de corps-à-corps échevelé. Ça lui a pris comme ça, soudainement, quelque temps après la castration. Il était en boule dans son panier, et je lui caressais le poitrail, quand il a attrapé ma main pour la mordiller. Il faisait attention de ne pas faire mal, en pédalant des pattes inférieures, comme un lapin, pour me lacérer le poignet de ses griffes. Mon ex-femme était encore là, et elle a dit que ce n'était pas bien de le laisser faire, mais je ne l'ai pas écoutée. Du coup, il mordille un peu tous les jours, surtout le soir, quand il est content que je reste à la maison.

Les parties de cache-cache furent plus inattendues, et je n'ai pas immédiatement compris ce qui lui prenait. La première fois, c'était après ma séparation. Varlam s'était planqué derrière un rideau – un simple voilage transparent, à travers lequel je le distinguais très bien. Je l'ai appelé, mais il ne venait pas, il restait immobile en me fixant à travers le rideau de ses yeux ronds. Je l'ai entrouvert et il a détalé. Il a traversé l'appartement comme une flèche pour bondir sur le rebord de la fenêtre de l'entrée et se dissimuler derrière le voilage. Quand je l'ai écarté, il a sauté à terre et s'est carapaté derrière un meuble. C'est alors que j'ai compris où il voulait en venir. Une partie de cache-cache. J'étais stupéfait. J'ai fait semblant de le chercher. Je le voyais du coin de l'œil m'observer prudemment. Et puis, au bout d'un moment, comme je feignais de ne pas le trouver, il est sorti de sa cachette et il a couru jusqu'à moi pour me donner un coup de patte au mollet. Son regard était éloquent. Il avait gagné la partie. S'il avait été humain, il aurait éclaté de rire.

Un jeune homme rencontré par hasard, qui adorait ses trois chats au point de se munir de toute une batterie de gadgets high-tech (des caméras, des micros, des jouets interactifs) pour communiquer avec eux pendant ses absences, m'a conseillé de jouer une demi-heure par jour avec Varlam. « Indispensable pour le bien-être de l'animal et pour sa santé. » Il s'y connaissait en chats. J'ai suivi ses conseils. Ça a plutôt bien marché. Quand je n'en ai pas le cœur ou que j'ai autre chose à faire, il me sollicite en me touchant du bout des pattes ou en faisant des acrobaties dans son panier pour attirer mon attention. Même en prenant de l'âge, Varlam n'a plus cessé de jouer.

Autre motif de satisfaction : sa capacité de communication. Là encore, à part les pleurs déchirants des premières nuits, cela a pris du temps. Mais une fois qu'il a commencé de parler, il ne s'est plus arrêté. Il est même devenu très bavard, déployant toute une palette de sons dont chacun a sa signification, que ce soient ces sortes de roucoulements qui traduisent sa félicité, les suppliques et les rodomontades pour réclamer de la nourriture ou une sortie au café, sa respiration, ses soupirs, et plein d'autres sons et bouts de phrases très bizarres, dont aucun ne ressemble à l'idée que je me faisais du célèbre « miaou ! ».

33. L'« hyperattachement du chat »

Je ne me souviens plus exactement quand cela a commencé. Était-ce juste après que ma femme est partie ou à mon retour de Verrières-le-Buisson ? Il paraît que c'est assez fréquent chez les chats mais, les connaissant mal, je n'y étais pas préparé.

Jusque-là, Varlam avait pris l'habitude de dormir au bout du lit. Un soir, autour de minuit, il s'est mis sur ses quatre pattes en faisant le dos rond, puis il m'a regardé intensément dans les yeux pendant quelques secondes, avant de s'avancer vers moi. Il s'est figé tout près de mon visage, le crâne à deux centimètres de mon front. J'entendais la respiration forte et glougloutante de son ronronnement. J'ai écarté le bras et, comme touché par une balle invisible, comme si ses pattes ne le portaient plus, il s'est laissé tomber dans le creux de mon coude à moitié replié. Puis, il a redressé le buste en faisant le dos rond, pour pédaler de ses pattes avant sur mon bras nu en ronronnant de plus en plus fort, la respiration sonore entrecoupée de petits bruits. Tout cela aurait été émouvant et d'une infinie tendresse si ses griffes trop longues ne m'avaient pas lacéré la chair. Cela a duré un bon quart d'heure. Enfin, à bout de souffle, il a fini par se mettre en boule, toujours dans le creux de mon bras, et à dormir ainsi jusqu'au matin. Après cela, il a recommencé chaque soir, à la même heure, suivant un rituel toujours identique, devenant le doudou de mes nuits qu'enfant je n'ai jamais eu. Quand je l'emmenai quelques jours plus tard pour un contrôle de routine, je demandai au vétérinaire si ce genre de comportement lui disait quelque chose et s'il savait comment l'interpréter. Le vétérinaire n'était pas surpris, il connaissait la chanson. « Il vous prend pour sa mère », m'a-t-il répondu.

Les épreuves qu'a traversées Varlam l'ont transformé. Son attachement inconditionnel à ma personne, son regard expressif et tellement humain me semblent tout à fait extraordinaires. Ce sont des choses étranges à décrire, et je peux comprendre que cela paraisse ridicule, mais c'est ainsi que notre relation a pris un tour plus sentimental. Son comportement était davantage celui d'un chien que d'un chat. Peut-être aussi parce que j'ai grandi avec des chiens et que je le traitais comme tel. Par exemple, quand je rentrais chez moi après l'avoir laissé tout seul un après-midi ou une soirée entière, à peine avais-je ouvert la porte que je le voyais courir en criant depuis l'autre bout de l'appartement pour venir jusqu'à mes pieds me faire la fête. Et son attachement à moi, par une forme de réciprocité, s'est consolidé au fil des jours.

Pour autant, sa hantise viscérale de mes absences, le fait qu'il me suive partout dans la maison, jusqu'à attendre assis devant la porte des toilettes quand je la refermais sur moi, ne disparaissaient pas. C'est alors qu'une amie m'a envoyé un lien Internet qui m'a permis de comprendre le mal dont il souffrait. Tous ses symptômes y étaient consignés. « Le chat suit son maître partout dans la maison », « urine pendant l'absence du maître », « accueils trop exubérants lors du retour du propriétaire », « peut se lécher intensément au même endroit », etc. Ce mal, je l'ai appris à cette occasion, s'appelle « l'hyperattachement du chat ». Selon l'article que j'ai lu, il peut avoir deux origines : un mauvais sevrage, ou un traumatisme. Dans le cas de Varlam, ne sachant rien de ses antécédents ou de son sevrage, il m'a semblé évident que son « hyperattachement » était le résultat du traumatisme provoqué par les heures de torture qui ont précédé notre rencontre.

N'empêche, j'étais un peu déçu. Son attachement relevait non pas de la relation unique que j'entretenais avec lui, mais d'une névrose, somme toute assez banale chez les chats.

J'ai pensé faire appel à un comportementaliste pour chats. Il paraît que ça existe et qu'il y a même des diplômes pour ça. J'étais quand même hésitant. J'avais déjà du mal à croire qu'on puisse soigner le psychisme d'un être humain, alors celui d'un chat ! Et puis, cette pathologie avait l'air de le rendre heureux. Elle était bien davantage un embarras pour moi que pour lui. Du coup, je me posai la question :

si « l'hyperattachement du chat » est une névrose féline, la réciproque a-t-elle un nom ? Il y a une autre interprétation possible à son attachement. C'est un de mes amis qui l'a formulée. Nous avions loué une maison durant l'été, et nous sirotions un verre le soir sur la terrasse. Allongé dans l'entrée derrière la porte vitrée qui nous séparait, Varlam m'observait fixement, en miaulant de temps à autre. « C'est un chat protecteur », a déclaré mon ami. Son idée était la suivante : puisque je l'avais sauvé de la mort, Varlam s'était assigné pour mission de veiller sur moi. Pour cette raison, il fallait toujours que je me trouve sous son regard. Au début, cela m'a semblé absurde. J'aurais pu l'admettre d'un chien, pas d'un chat. Mais, le temps passant, et en observant son comportement à l'aune de cette hypothèse, j'ai fini par la trouver vraisemblable.

Quant à l'hyperattachement, ses symptômes les plus pénibles se sont atténués, puis ils ont disparu complètement. En définitive, nos destins scellés : nous étions devenus inséparables, quel que soit le virus qui nous avait réciproquement contaminé.

J'ai acheté un sac à dos pour chat et je l'emmenai partout. Ayant repris l'habitude de travailler dans les cafés, j'ai accepté, à sa demande, il faut bien le dire, qu'il m'y accompagne. Cela a désormais lieu presque chaque matin. Varlam reste sagement allongé sur mes jambes croisées pendant que je tape sur l'ordinateur portable. Je le caresse de temps à autre entre ses oreilles coupées. Quand vient le moment de rentrer, que je range l'ordinateur, il rentre de lui-même dans le sac à dos, puis nous reprenons le chemin de la maison. C'est le rituel de nos matinées. De retour à l'appartement, j'ouvre le sac à dos et retire son harnais. Il me suit, enjoué, pas à pas. L'ouverture des volets de la chambre à coucher est un autre de ces rituels auquel il ne déroge pas. Où qu'il soit, au salon, dans son panier, sur la mezzanine, ou en train de prendre le soleil affalé sur le parquet de l'entrée, il accourt quand retentit le son métallique des volets. Il pénètre à bas bruit dans la chambre pour venir s'asseoir devant la fenêtre, pousse un petit cri (comme chaque fois qu'il s'apprête à bondir), et saute sur le rebord. Il reste là un moment, à regarder ce qui se passe dans la cour. Le soir, quand je les referme, ça recommence. Une nuit, il a glissé et fait une chute de deux étages. Je me suis penché pour le chercher des yeux. On n'y voyait rien. La nuit était noire comme de l'encre. J'ai dévalé l'escalier à toute blinde. Je l'ai trouvé assis sur l'arrière-train au milieu de la cour, penaud, les yeux hagards.

Je me demande, dans ces rituels – leur caractère systématique –, quelle est la part du libre arbitre et de la mécanicité – les fameux « animaux-machines » de Descartes. Réaction pavlovienne ? instinctive ? Ou curiosité sans cesse renouvelée ? Cette question en entraîne une autre : de quoi Varlam se souvient-il au juste ? Se rappelle-t-il avoir bondi sur le rebord de la fenêtre la matinée précédente ? Ou sa mémoire est-elle telle que, chaque jour, s'efface en lui le souvenir des heures et des jours passés ?

Se souvient-il de la Kolyma ?

34. Un matin comme les autres

La lumière du jour filtre à travers les persiennes. J'ouvre les yeux. Les siens sont grands ouverts ; il est tout près de moi sur l'oreiller. Allongé à quelques centimètres de mon visage, il me regarde.

Ses paupières sont lourdes. Lentement il les referme, les rouvre à moitié, les ferme à nouveau. J'entends sa respiration. Je jette un œil au cadran du réveil. Il est encore tôt. Le temps de lui murmurer quelque chose, de lui caresser le front, nous nous rendormons.

C'est la fin de la trêve estivale. Un matin comme les autres.

Ses cris aigus me réveillent quelques heures plus tard. Ce ne sont pas des miaulements. Plutôt des suppliques ou des imprécations. Il se tient debout, au pied du lit, la queue raide, dans l'expectative. Il vient du salon où il vaquait à ses mystérieuses occupations matinales. Varlam n'aime pas les dimanches matin. Il n'aime pas quand je fais la grasse matinée. Sa gueule s'entrouvre, comme pour ajouter quelque chose. Il me voit ouvrir les yeux, et se ravise. Je me lève et me dirige vers la cuisine. Tout guilleret, il trottine à mes côtés en roulant des hanches. Si je m'arrête, il ronronne et arrondit le dos pour une caresse, les yeux rivés aux miens.

Au début, il mangeait n'importe quoi, quémandant de la nourriture en permanence. Comme si sa faim ne pouvait jamais être rassasiée. Je partageais mes repas avec lui. Il est devenu plus difficile, plus exigeant. Il s'est embourgeoisé. À Paris, il a découvert les croquettes. Il n'en avait jamais mangé auparavant. Une révélation. Seules les croquettes l'intéressent désormais.

Varlam prend les devants en courant pour aller se poster devant un des tiroirs de la cuisine (celui des croquettes), avant de tourner vers moi un regard implorant.

J'en profite pour lui ouvrir la gueule. Il sait que ce cérémonial étrange et désagréable précède le premier repas. Il se laisse faire sans broncher. Je dépose son comprimé contre l'épilepsie au fond de sa gorge. Il déglutit en continuant à me fixer du regard. Je verse sa ration de la journée dans le doseur, puis j'attrape une poignée de croquettes et la jette sur le carrelage. Un temps de réflexion, et il se met en chasse, les cueillant une à une pour les croquer délicatement.

Je fais couler un bain, je m'installe à mon bureau, je passe en revue mes mails. Je les survole, je n'y réponds pas tout de suite. Je vais me laver. La porte de la salle de bains reste ouverte. Varlam m'attend sur le seuil, après quoi je retourne au bureau (il me suit) pour répondre aux messages les plus urgents. Je remets les autres à plus tard. Varlam s'est allongé sur un de mes pieds. Il changera de place si je reste assis trop longtemps. Il s'installera sur le rebord de la fenêtre, à côté de moi, ou il m'observera depuis l'une des plus hautes marches de la mezzanine.

J'éteins l'ordinateur, j'attrape sa laisse et la lui passe au cou. Il va s'asseoir devant le sac à dos en la mordillant. J'ouvre le sac. Il entre à l'intérieur en baissant la tête. Quand je le referme, il se met à gratter l'ouverture grillagée avec ses pattes. C'est comme ça qu'il manifeste son excitation. J'enfile le sac à dos, et nous descendons nous installer à une table de La Favorite, le café d'en face. Je pose le sac sur la chaise d'à côté et l'ouvre. Varlam reste à l'intérieur sans bouger. Au bout d'un moment, il en sort lentement pour venir sur mes genoux. Je croise les jambes pour qu'il soit mieux. Il pose la tête sur ma cuisse et allonge une patte en touchant mon mollet du bout des coussinets. Je commande un café, je lis le journal du jour, j'ouvre l'ordinateur portable pour travailler sur les chantiers en cours. À la table d'à côté, deux femmes parlent russe en le regardant.

– Comme il est beau ! s'exclame la plus jeune dans un anglais parfait. C'est la première fois que nous voyons un chat au café. Pouvons-nous le prendre en photo ?

– Pas de problème, il a l'habitude, je réponds.

Il s'agit d'une mère et de sa fille, venues passer une semaine de vacances à Paris. Natives de Moscou, elles résident depuis une quinzaine d'années aux États-Unis ; la mère sur la côte Est, la fille à Los Angeles où elle est programmatrice pour une entreprise de high-tech.

– J'en ai deux à la maison, déclare la mère, pendant que sa fille, la petite vingtaine, prend des clichés de Varlam. Il y a quelques jours, poursuit-elle, j'ai vu un reportage sur Internet. Quelqu'un y racontait l'histoire de ce petit chat abandonné en Sibérie. Il était en train de mourir de froid quand des Français se sont arrêtés pour le sauver. Ils l'ont recueilli et ils l'ont ramené avec eux à Paris, paraît-il.

Je connais cette histoire. Asia m'a appelé il y a quelques jours, toute excitée, pour me la raconter.

En Russie, m'a-t-elle expliqué, les gens se méfient du contrôle exercé par le pouvoir sur les médias, c'est pourquoi certains blogs sont plus populaires que des chaînes de télé. Celui de Yuri Dud, dont les *followers* se comptent par millions, est de ceux-là. En 2018, l'année de notre périple en Sibérie orientale, le blogueur occupait le cinquantième rang au classement Forbes des personnalités les plus influentes de Russie.

Sur son blog, le jeune homme met en ligne des interviews de personnalités et des reportages *home made,* pas mal ficelés (et bien financés). Au cours de l'hiver 2019, il a fait la route des ossements, qui relie Iakoutsk à Magadan. Chaque soir, il postait sur YouTube les tournages de la journée. Sur l'un d'eux (Asia me l'a envoyé), on le voit interroger son chauffeur. J'ai immédiatement reconnu Liocha. Dud et lui sont debout, l'un en face de l'autre, devant la voiture arrêtée au milieu du désert de glace. Liocha raconte avoir conduit l'an dernier sur cette même route des Français qui ont sillonné et filmé la région pendant un mois. Un jour, ils ont aperçu un petit animal en train de crever de froid, assis sans bouger entre la taïga et la route. Il s'est avéré que ce petit animal, sale, puant, malingre, était un chat. Il faisait -50 °C. « Ce chat, il a eu beaucoup de chance puisque les Français l'ont pris avec nous dans la voiture et qu'ils l'ont ensuite ramené à Paris. » Liocha concluait son récit par cette phrase ironique, qui avait beaucoup amusé les *followers* de Yuri Dud : « Au lieu d'être coincés ici, on aimerait bien, nous aussi, être des chats pour qu'on nous emmène vivre à Paris ! » Cet extrait avait été consulté par près de dix millions de personnes !

Stupéfait, je me tourne vers la femme russe et lui dis :

– Ce chat, vous l'avez devant vous !

35. Vie et destin

Quatre ans ont passé depuis notre retour de Sibérie. La région immense que nous avons traversée n'a plus le visage intense, mystérieux et poétique que nous lui avons connu. Durant l'été qui a suivi la diffusion du documentaire sur France 2, de gigantesques feux de forêt ont ravagé la taïga de Iakoutie – ces forêts de mélèzes à perte de vue qui bordaient la route des ossements, abritant dans le secret de leurs profondeurs les derniers vestiges du Goulag.

La faune fut tout autant dévastée. Les pompiers arrivés trop tard sur place, débordés par l'ampleur du sinistre, ont vu accourir vers eux des hordes de loups et de ces chiens errants que nous avions partout croisés. Les humains étaient leur ultime porte de salut, le seul moyen d'échapper à la mort et à la destruction de leur habitat. Les incendies reprirent l'été suivant, déboisant pour longtemps les rares espaces préservés, alors même que, conséquence du réchauffement climatique, la fonte du permafrost bouleversait le fragile équilibre du monde, menaçant aussi de libérer des virus inconnus, vieux de plusieurs millions d'années.

Un jour de la fin du mois de novembre, Varlam délaissa ses croquettes. Je ne m'en inquiétai que le lendemain, quand je le vis à nouveau fuir la nourriture que je lui donnais. Ça ne lui ressemblait pas. Je remarquai qu'il n'avait pas non plus touché à l'eau de son bol. Le jour suivant, toujours rien, et l'eau du bol était demeurée au même niveau. Asia m'avait informé que lorsque les chats cessent de boire, les reins sont attaqués et l'animal risque d'y rester. J'appelai la clinique vétérinaire. La praticienne me rassura, m'expliquant que cela arrivait fréquemment chez les chats. Il n'y avait pas lieu de s'alarmer. Elle proposa de rappeler en fin de semaine pour la tenir au courant. C'était un mercredi. Le soir, j'essayai de faire avaler quelque chose à Varlam, mais son refus demeurait catégorique. Mon arme secrète, des friandises rapportées d'Angleterre, le laissèrent tout aussi indifférent. Comme j'insistai, il finit par en croquer une ou deux pour me faire plaisir. Je me rendais bien compte que quelque chose clochait, qu'il s'affaiblissait de jour en jour.

Le vendredi matin, je fus étonné de ne pas le trouver au réveil. Il n'avait pas dormi avec moi, il n'était même pas venu m'accueillir au saut du lit en miaulant. Je le trouvai profondément endormi sur le radiateur du salon, près de la fenêtre. En m'entendant approcher, il leva la tête pour me dire bonjour dans un petit cri éraillé. Je le caressai entre les oreilles, et il referma les yeux. Son poil était terne, aussi sec que des blés au soleil. Puis il rouvrit les yeux, des yeux immenses, et me regarda longuement avec une grande douceur. Je compris que c'était sa manière de me dire adieu. Varlam était en train de mourir.

Je me jetai sur le téléphone et appelai la clinique. L'équipe vétérinaire se montra beaucoup moins rassurante que la première fois. Je décelai une sorte de panique dans la voix de mon interlocutrice, qui ordonna de leur amener Varlam sur-le-champ, ce que je fis. Le vétérinaire, un jeune homme, déclara gravement après un rapide examen qu'il fallait l'hydrater et l'alimenter d'urgence par intraveineuse. Il s'éclipsa en emportant Varlam. Quelques minutes plus tard, il reparaissait les mains vides, avec la tête d'un employé de pompes funèbres.

– Il va s'en sortir ?

– Je ne peux rien garantir à ce stade. On va le garder ici cette nuit. Appelez-moi demain, et on fera le point.

– Vous avez une idée de ce qu'il a ?

– Eh bien… pas encore, non.

De retour chez moi, je repensai au regard que Varlam m'avait jeté le matin, et je ne pus m'empêcher de verser une larme. J'étais persuadé qu'il ne survivrait pas. Après toutes ces épreuves, le voir partir ainsi était aussi triste que révoltant.

Le lendemain matin, je fus soulagé d'apprendre qu'il avait réussi à passer la nuit. Je demandai si je pouvais lui rendre visite. « En fin de journée, si vous voulez. » J'arrivai à la clinique vers 19 heures, peu avant la fermeture. On me conduisit jusqu'à une porte, tout au fond de l'officine, derrière laquelle se trouvaient trois rangées d'alcôves rectangulaires encastrées dans le mur et fermées par des portillons de verre. Un gros chien à l'air abattu occupait l'une des plus grandes, dans la rangée du bas, et au milieu de la seconde, aux cages plus petites, je trouvai Varlam qui se mit à crier et à pleurer en me voyant. Il était affublé d'une collerette pour l'empêcher d'arracher les tubulures plantées dans l'une de ses pattes avant. J'ouvris le portillon de verre à hauteur de poitrine, et il me sauta dans les bras. Je passai un moment à le caresser, à lui parler tout bas pour le rassurer. Je demandai à la vétérinaire de garde s'il allait mieux.

– Il tient le coup. Mais il devra rester ici encore quelque temps.

Les jours suivants, son état s'améliora. Il mangea même un peu de la pâtée qu'on avait placée dans sa cage.

Le vétérinaire me téléphona le lundi en fin de journée pour me dire qu'il allait bien et que je pouvais venir le chercher. Quand on le libéra de sa collerette et de sa cage, Varlam entra de lui-même dans son sac, pressé de vider les lieux, après quoi je discutai un moment avec le jeune soignant.

– Est-il hors de danger ?

– Son état est stable et il a recommencé à s'alimenter. Je pense que ça va aller.

– Que lui est-il arrivé, au juste ?

– D'après les analyses, cela semble être un virus.

– Quel genre de virus ?

– On attend encore des résultats d'analyse. Mais pour être honnête, nous n'en savons rien. Si c'est bien un virus, on ne l'a jamais rencontré auparavant.

Varlam était fou de joie en rentrant à la maison. Il avait encore un cathéter fixé à la patte par du gaffeur, raison pour laquelle le vétérinaire m'avait demandé de maintenir le port de la collerette, mais je n'eus pas le cœur de la lui remettre. Il recommença à manger, à boire, à jouer, et tout rentra dans l'ordre.

Quelques semaines plus tard, la pandémie déferlait sur le monde, et la France, comme partout ailleurs, se confina durant plusieurs mois. Une période bénie pour Varlam qui pouvait m'avoir à ses côtés 24 heures sur 24. C'est alors qu'Asia suggéra que le virus inconnu qui avait failli l'emporter avait pu être le Covid-19. Les félins semblaient réceptifs au virus. Pour preuve, les tigres et les lions du zoo de New York qui y avaient été exposés avaient tous été contaminés.

– Varlam aurait été le premier cas de Covid-19 en France ?

– Pourquoi pas ? À force de traîner dans les cafés…

– Les cafés d'un quartier prisé par les touristes. Notamment chinois…

– C'est possible !

Alors que le souvenir de la Sibérie s'éloignait, que la pandémie se faisait moins virulente, l'invasion de l'Ukraine engagée par Vladimir Poutine nous prenait par surprise, tant nous en avions ignoré les signes avant-coureurs, comme la liquidation de l'association d'utilité publique Mémorial au mois de décembre 2021.

Le 24 février 2022 fut un choc. Le coup de tonnerre qui vit la guerre réinvestir le cœur de l'Europe, avec son lot de carnages et de brutalités. Je connaissais bien les deux acteurs en présence, leurs histoires respectives, leurs imaginaires arc-boutés sur les horreurs et les dévastations de la « Grande guerre patriotique ». Comme une némésis enfouie, comme par réaction chimique, tout remonta à la surface. Staline, Hitler, les génocides, les villes bombardées, les viols, les massacres, les conflits de mémoire, l'impérialisme, l'irrédentisme et le nationalisme. La propagande de nazification de l'Ukraine, qui avait débuté à bas bruit une vingtaine d'années plus tôt en Russie, n'avait cessé de monter en puissance jusqu'à atteindre son acmé peu avant le déclenchement de l'invasion.

S'il est vrai qu'en 1941, une partie de l'Ukraine occidentale avait cherché à se libérer du joug soviétique en se jetant dans les bras des envahisseurs allemands, avec l'espoir incertain d'une victoire du « fascisme » et de vagues promesses d'indépendance, nombreux furent les Ukrainiens demeurés fidèles à l'URSS qui s'étaient enrôlés dans l'Armée rouge et la résistance pour combattre le nazisme. Le régiment Azof, le chiffon rouge et le prétexte du pouvoir russe pour envahir l'Ukraine, fortement imprégné par le nazisme, révérant la figure tutélaire du leader nationaliste Stepan Bandera, rend bien compte de la mémoire clivée de l'Ukraine, tiraillée entre deux allégeances antagonistes. Le président Volodymyr

Zelinsky, dans un discours adressé à la France le 8 mai 2022, fit un parallèle entre les crimes de Boutcha et ceux perpétrés par la division SS-Das Reich en France – les pendus de Tulle et le massacre d'Oradour-sur-Glane – au mois de juin 1944. Des Oradour-sur-Glane, au cours des trois ans d'occupation de l'armée allemande, l'Ukraine en essuya des centaines. Villages pillés, incendiés, rasés. Leurs habitants exécutés ou brûlés vifs dans des églises et des granges. Ces massacres furent exécutés par les commandos spéciaux du SD, mais également par cette même division, la terrible Waffen-SS Das Reich, avant qu'elle ne soit basculée sur le front ouest en 1944. L'emblème de la Das Reich, ce N inversé barré d'un trait vertical a été récupéré par le régiment Azof, qui en a fait l'étendard de son combat dans le Donbass.

Victimes et bourreaux, tel est le conflit qui hante encore une histoire ukrainienne qui se superpose à sa fracture géographique : à l'Ouest ukrainophone, la mémoire peine à se débarrasser de sa collaboration au nazisme ; à l'Est russophone, l'héritage soviétique demeure imprégné du mythe de l'Armée rouge et de sa lutte contre le nazisme.

Au cours des dix années qui ont précédé l'invasion du pays par la Russie, un petit miracle avait pourtant eu lieu en Ukraine. Ce pays compliqué, fait de drames et de massacres, de conflits irréconciliables, libéré de la tutelle russe, avait commencé son introspection pour regarder en face le génocide des Juifs auquel ses composantes les plus nationalistes avaient pris part. Bien que rongé par la corruption et gangréné par les mafias, le pays s'était tourné vers l'Occident, réussissant à se fabriquer une unité, certes fragile mais, de même que son évolution vers la démocratie, sincère. Volodymyr Zelensky avait joué un rôle fondamental dans ce processus. Non pas tant comme président – dont le bilan, avant qu'il ne devienne ce courageux chef de guerre vénéré par ses concitoyens, était mitigé – mais comme amuseur public. Au fil de ses shows télévisés, puis de cette série, véritable phénomène national, qui avait fait rêver les Ukrainiens au point de le faire président, le jeune homme russophone, dont la famille juive a payé un lourd tribut à la Shoah, et dans lequel s'était reconnu le pays entier, malgré ses fractures, ses conflits mémoriels, sa géographie, avait contribué à adoucir les contentieux et à rassembler ses concitoyens autour d'un humour partagé, d'une même soif de vivre, d'une même espérance dans l'avenir.

À l'heure où j'écris ces lignes, l'armée russe s'est enlisée dans un conflit insensé dont elle peine à sortir. Un conflit qui, inversement, a redonné sa fierté aux Ukrainiens, et une visibilité que leur pays n'avait jamais connue auparavant. Qui peut dire comment les choses tourneront ? Ce qui est sûr, c'est que les Ukrainiens ne lâcheront rien. Quelle que soit l'issue militaire, ils ont gagné dans les têtes et remporté la bataille médiatique. Reste une question : celle du point de vue russe, qui m'afflige et m'attriste autant que j'aime la Russie, sa culture, sa musique, sa littérature, et ses habitants. Je connais leur sentiment obsidional, leur capacité à faire bloc derrière un chef qui prétend les représenter dans l'illusion de leur grandeur et de leur unité, par-delà la vérité ou le simple bon sens. Dans quel état en sortiront-ils ?

Aux confins de cette terre si vaste où la dureté se conjugue à la violence des sentiments et des guerres, il existe une région désolée et méconnue, inaccessible au fracas du monde, dont j'ai ramené un bout de chair vivante qui, alors que je pose le point final de ce récit, dort paisiblement à mes pieds.

Remerciements

Merci à Jacques Aragones, producteur de *Goulag(s)*, dont ce récit est le « making of », ainsi qu'à toutes les équipes de Studiofact-TV presse. À Asia Kovrigina, Laurent Chalet, Benjamin Haïm, Louis Didaux, à nos chauffeurs Liocha et Sasha, qui m'ont accompagné dans ce périple. À l'association Mémorial, et à toutes les personnes que nous avons rencontrées et interviewées sur la route. Merci à Émilie Colombani et à Clarisse Gourdon des éditions Rivages.

pca
cmb
édition pré-presse
livres numériques

44400 Rezé

IMPRIM'VERT®

Achevé d'imprimer
en janvier 2023
par Corlet Imprimeur
14110 Condé-en-Normandie

Dépôt légal : janvier 2023
N° d'imprimeur : 22120646
Imprimé en France